U0062331

Martin Amis

Time's arrow
or the nature of the offence

［英］

马丁·艾米斯

著

何致和

译

时间箭

上海译文出版社

马丁·艾米斯和他的小说

瞿世镜

马丁·艾米斯1949年生于英国南威尔士，父亲金斯利·艾米斯是著名小说家，母亲希拉莉·巴德威尔是农业部一名公务员的女儿。马丁十二岁时，父母离异。继母伊丽莎白·简·霍华德也是一位小说家。马丁原来和其他同龄孩童一样，喜欢阅读连环漫画。继母引导他读简·奥斯丁的小说，这是他最早受到的文学启蒙熏陶。马丁曾经在英国、西班牙、美国十三所学校上学，然后在伦敦和布莱顿补习，为大学入学考试作准备。他考进牛津大学埃克塞特学院英语系，毕业时获一等荣誉奖。他写的第一部小说《雷切尔文件》1973年获毛姆奖。1975年，他担任伦敦《泰晤士报文学副刊》的助理编辑，出版了第二部小说《灵与魂的夭亡》。他还发表了许多书评和散文。于是他被《新政治家》编辑部录用，这时他才二十七岁。后面两部小说《成功》（1978）和《其他人：一个神秘的故事》（1981）出版之后，他成了专业作家，并且给《观察家》《泰晤士报文学副刊》《纽约时报》等报刊杂志写文学评论。他是一位多产作家，陆续发表了下列作品：《太空侵略者的入侵》（1982）、《金钱——绝命书》（以下简称《金钱》）（1984）、《白痴地狱》（1987）、《爱因斯坦的怪物》（1987）、《时间箭——罪行的本质》（1991年获曼·布克奖提名）、《访问纳博科夫夫人及其他游览杂记》（1993）、《经历》

（回忆录，2000年获詹姆斯·泰特·布莱克纪念奖）、《会面屋》（2006）、《第二平面》（2008，关于"9·11事件"及反恐战争的文集）、《黄狗》（2003年获布克奖提名）、《莱昂内尔·阿斯博：英格兰现状》（2012）。2007年至2011年，马丁在曼彻斯特大学新写作中心担任创意写作课程教授。2008年，《泰晤士报》将他评为1945年以来五十位最伟大的英国作家之一。

马丁·艾米斯结过两次婚。他的第二位夫人伊莎贝尔·丰塞卡也是一位作家。马丁·艾米斯曾经住在伦敦肯辛顿区王后大道，他的小说时常以这个地区作背景。书中人物抱怨这里外国游客过多，商业气氛过浓，反映了伦敦市民丧失文化根底的异化感。他像狄更斯一样，喜欢从伦敦街头俚语、行业切口中吸收新鲜词汇，来丰富他的英语。这种植根于日常生活的通俗语言，被其他青年作家、记者、读者们纷纷仿效而流行一时。

在接受记者采访时，马丁·艾米斯阐明了他的文学观念：

"如果严肃地加以审视，我的作品当然是苍白的。然而要点在于：它们是讽刺作品。我并不把自己看作先知；我不是在写社会评论。我的书是游戏文章。我追求欢笑。

"我不相信文学曾经改变人们或改变社会发展的道路。难道你知道有什么书曾经起过这种作用吗？它的功能是推出观点，给人以兴奋和娱乐。

"小说家惩恶扬善的观念，再也支撑不住了。肮脏下流的事情，当然成为我的素材之一。我写那种题材，因为它更有趣。人人都对坏消息更感兴趣。只有一位作家，曾经令人信服地写过幸福，他就是托尔斯泰。似乎除他之外，再无别人能把幸福写得跃然纸上。

"我利用在自己周围所看到的所有荒诞可笑的、人们所熟悉的、凄惨可怜的事情……在这些日子里，到处存在着寒伧破旧、苦难悲惨的景象。

"阐明社会因果关系并非小说家的事业。他们必须对他们所具有的艺术效果非常敏感。"

马丁的处女作《雷切尔文件》被誉为青春期赞歌。这部小说的时间跨度只有一个晚上，但是通过记忆联想和闪回等意识流手法，扩展了它的容量。主人公查尔斯·海威在他二十岁生日之夜，回想他第一次爱情经历。他是一位聪明、敏感的青年，渴望成为作家。在几本笔记本里，他写满了描述女友雷切尔·诺伊斯的文字。通过这些笔记和其他回忆，第一人称叙述者查尔斯展示了一个引人入胜的故事，机智幽默地描述他的成长过程和初恋的惊喜感受。马丁·艾米斯认为，"在青春期，人人都感到创作的冲动——想要写诗、写戏剧、写短篇小说。作家不过是那些把这冲动继续坚持下去的人。"

我们发现，马丁·艾米斯的创作冲动继续坚持着，而且他有一种黑色幽默的灵感。他的第二部小说《灵与魂的夭亡》，把幽默讽刺、生活堕落、荒诞暴行混杂在一起。这部小说写六个年轻人在伦敦郊区一幢大房子里度周末。时间跨度从星期五早晨至星期六。作者仍然使用意识流闪回手法，来扩展六个人物的生活经历和心理深度。当这群青年星期五聚在一起过周末时，来了三位美国客人。他们激起了大家放荡的欲望，在酗酒、吸毒之余，男女混居，任意淫乱。然后是一连串暴行：殴打、虐待、谋杀、撞车。此书的平装本改名为《阴暗的秘密》，因为《灵与魂的夭亡》这个标题实在太触目惊心了。这部小说如实暴露了西方社会的阴暗面，然而它的色情、暴力内容却可能会引起我们东方读者的强烈反感。

1984年出版的《金钱》是一部非常独特的社会讽刺小说。此书采用第一人称叙述，主人公约翰·塞尔夫是位极端令人厌恶的反派角色，集粗野、好色、蛮横、奸诈等恶习于一身。他的职业是制作电视广告和色情影片。他坦言其所有的嗜好都具有色情倾向，包括"诅咒、斗殴、射击、玩女人、吸毒、酗酒、吃快餐、赌博、手淫"。塞尔夫（Self）的英文含义是"自我"，可见他是个以自我为中心的人物。然而他自我意识的核心元素是金钱。他用金钱来购买一切，包括爱情。他的情人塞琳娜·斯特里特是交际花。斯特里特（Street）的英文含义是街道，暗示塞琳娜是出卖色相的街头女郎。她所做的一切都是为了钱。她和塞尔夫上床，她拍三级影片，都是为了金钱。塞尔夫与她臭味相投。他说，"我爱她的堕落"。他们做爱时不是说我爱你，而是说钱。只有钱才能帮助塞尔夫达到完美的性高潮。他内心情绪很不稳定，是偏执狂。他认为塞琳娜应该有众多情夫，这才显得她更够劲，更有价值。他又总是怀疑塞琳娜对他不忠，突然间没来由的惊恐不安、汗流浃背。约翰的父亲巴里·塞尔夫离不开毒品、女人、黄色录像、高级餐馆。他的情妇维罗妮卡是有露阴癖的脱衣舞女。他用儿子的钱来购买性爱。人与人之间没有伦理亲情，只有金钱关系。故事发生在1981年，查尔斯亲王和戴安娜王妃成婚，举国欢庆。这是个势利社会，金钱可以购买一切，而高尚的文化毫无意义，因此塞尔夫追求金钱而不追求艺术。他的另一位情妇玛蒂娜·吐温是个有文化的知识分子。她试图引导塞尔夫欣赏高雅艺术，消减他的满身铜臭。但是在塞尔夫眼中，印象派画家莫奈的作品不是艺术品，而是金钱的等价物。他的心灵已被金钱彻底地占领和腐蚀！小说的主题是金钱：描述了主人公如何得到它、保存它、消耗它、丢失它。在这过程中，塞尔夫日益腐化堕落、丧失自我。作者所使用的语言相当独特，充满着俚语、行话，弥漫着市井色情文学的特殊气息。在字里行间，响彻着金钱以及金钱的呼声，令人寒心地感到这里有一种异化压抑的气氛。这是一个国际性毒品文化的世界，吸食各种毒品的瘾君子令人恶心，人际关系极其混杂。塞尔夫表面上是个文化人，暗地里是个奸商，频繁往返于纽约和伦敦之间，靠走私毒品牟利，小说的场景也就随之而变换。在纽约和伦敦各有一个马丁·艾米斯，他们似乎是作者的化身。这些知识分子是在金钱世界中仅存的批判性良知。艾米斯给塞尔夫打工，为他写电影剧本。塞尔夫强迫他在剧本《良币》中添加暴力色情场景。后来塞尔夫穷困潦倒，与艾米斯下象棋赌博。艾米斯不肯手下留情，要将塞尔夫置于死地。最后，塞尔夫撞地铁列车自杀，终于得到了应有的下场。他口袋里那本用来赚钱的剧本《良币》成了陪伴他走向死亡的绝命书。在撒切尔夫人统治下的英国，经济暂时复苏，贪得无厌的拜金主义成了流行一时的社会风尚和万恶之源。作者对于这种资本主义社会的弊端深恶痛疾。作者以"绝命书"作为副标题，发人深省。金钱的破坏性控制力笼罩一切，要想摆脱它的控制，除了死亡之外别无它途。这是何等触目惊心的警示！

马丁·艾米斯 1989 年出版的《伦敦场地》，题词所示是献给他父亲金斯利·艾米斯的。此书篇幅将近五百页，是他最长的小说，其中蕴含的黑色幽默甚至超过了《金钱》。故事发生在伦敦西区拉德布罗克丛林，时间是 1999 年。作品结构并不复杂。

男主人公基思·泰伦特是个精力充沛、容易激动的飞镖手。他非常迷恋他的女友妮古拉·西克斯，又怀疑她不忠于爱情。读者感到有一种不祥的预兆，最后果然发生了惨案，西克斯被残暴地谋杀了。结果发现是死者本人精心策划，诱骗凶手杀害了她。在人们期盼的"至福千年"前夕，伦敦场地上居然发生了如此惨剧，资本主义世界还有什么希望！此书在1989年布克奖评委会中引发了一场剧烈争辩。两位女性评委麦吉·琪和海伦·麦克奈尔实在难以容忍女主人公西克斯被残暴杀害的血腥场面。由于她们竭力抗辩，此书被否决了。另一位评委戴维·洛奇为此悔恨不已。他认为当时五位评委的意见是3∶2，此书应该入选。

　　1991年出版的《时间箭——罪行的本质》是一部简短的小说。马丁·艾米斯借鉴了库尔特·冯内古特1969年的小说《第五号屠宰场》和菲利普·迪克1967年作品《时光倒转的世界》中的叙事技巧。作者在此显示出他对自己所掌握的辉煌技巧的极端自信：整个故事用倒叙法从坟墓回溯到摇篮，读者必须仔细辨认那些轶事和对话，把它们颠倒的时序重新理顺。在作者的颠倒叙述中，穿插了许多插科打诨的笑话，其五花八门的内容包括吃饭、排泄、争吵、做爱等等；与此并行的书中人物的倒叙，涉及令叙述者苦恼的道德价值判断。叙述者是二次世界大战中的纳粹战犯，他在盖世太保集中营里当军医。他不是用其医术救死扶伤，而是用它来蓄意杀人。他在战后逃亡到美洲，把时光之箭倒转过来，从死亡到出生把人生之路重新走了一遍。于是死于纳粹屠刀之下的犹太难民自然也活了过来，纳粹集中营里出现了奇特的复苏景象。食物不是从嘴里吃进去，而是从胃里反刍出来。清洁工不扫垃圾，而是往地上倒垃圾。既然一切都颠倒了，双手沾满鲜血的纳粹战犯的罪行也就被漂白了。这种是非颠倒的态度和研制原子弹的科学家何等相似！这部黑色幽默作品，启发读者去思考一个极其严肃的问题。那就是本书的副标题：罪行的本质——是非颠倒，人性泯灭！

1997 年出版的《夜车》也是一部简短的作品。叙述者是一位颇有男子汉气魄的美国女侦探麦克·胡里罕。小说情节围绕着她老板年轻美貌的女儿的自杀案件逐渐展开，总体气氛灰暗、凄凉而充满着不祥预感。作者炫耀他的语言天赋，随意穿插美国本地土话、切口。评论界对此书毁誉参半。

2003 年出版的第十部小说《黄狗》与《夜车》相隔六年之久。主人公汉·米欧是演员和作家。他的父亲梅克·米欧是极其残暴的强盗，早已死在狱中。他生活在父亲的阴影中，唯恐遇见父亲生前的仇人或同伙，害怕他们对他报复。在沉重的精神压力下，他变得十分孤僻，甚至疏远了自己的妻子和女儿。一直想实施报复的科拉，指使色情演员卡拉把汉诱骗到加利福尼亚，想以色相破坏其婚姻，但未得逞。汉在加州意外地遇见了自己的生身父亲安德鲁斯。这个意外发现使科拉放弃了报复的念头，因为他并非米欧的真正后代。小说把梅克·米欧作为暴君的象征，表现了主人公如何摆脱暴君影响的过程。他渴望摆脱亡父的阴影，正如那条哀鸣的黄狗试图挣脱背负的锁链。小说家泰勃·费希尔写道："我在地铁里阅读此书，唯恐有人从我身后瞥见我在读什么……就像你喜爱的叔叔在学校操场上被当场逮住手淫一样。"马丁·艾米斯却说这是他最好的三部小说之一。此书入围当年布克奖候选小说之列，但最终未能获奖。

《怀孕的寡妇》原来打算在 2008 年问世，后来一再修订，拓展到四百八十页篇幅，到2010年才正式出版。此书的主题涉及1970年代欧美的性革命，西方世界两性关系的规范从此改观。然而，旧的道德伦理被摧毁了，新的道德伦理尚未诞生。亚历山大·赫征将这个过渡时期称为"怀孕的寡妇"，暗示逝者已去，新儿未生，尚在寡妇腹中。作者以此作为本书标题。故事发生在意大利凯潘尼亚一座城堡中，主人公基思·尼亚林是一位文学专业的英国大学生。 1970年夏季，他与一群朋友到意大利度假。他们亲身体验了男女两性关系的变化。叙述者是处于2009年的基思本人的"超我"，即他的道德良心。与基思一起到意大利度假的有他若即若离的女友丽丽以及她那位富于魅力的闺蜜山鲁佐德（这位姑娘与《一千零一夜》传奇中的公主同名）。基思与山鲁佐德互有好感，丽丽因而开始折磨基思。小说下半部的情节发生出乎意料的转折，给基思后来的爱情生活留下了难以磨灭的痕迹。此书幽默、机智、感伤，是对于性革命浪潮中失去自控能力的年轻人的漫画写照。

2012年出版的《莱昂内尔·阿斯博：英格兰现状》是马丁·艾米斯的第十三部小说。此书似乎可以看作《金钱》的续篇，金钱魔力在此书中引发的闹剧甚至比前者更为夸张。故事发生在伦敦迪斯顿市镇。主人公德斯蒙德·佩珀代因住在大厦第三十三层。这位少年的同龄伙伴们在街头打架，他却在图书馆里看书。他的舅舅阿斯博是个贪得无厌的流氓无赖，臭名昭著的罪犯恶棍。他以独特的方式关怀外甥，对他谆谆告诫：男子汉必须刀不离身，与女朋友约会还不如色情挑逗管用，在斗狗场里赢钱的诀窍是用塔巴斯科辣酱拌肉片喂狗。然而德斯对此毫无兴趣，他在书本的浪漫天地中寻求慰藉，这种娘娘腔的行为使他舅舅火冒三丈。德斯学识增长，逐渐成熟，想要开始过一种更加健康的生活。这时阿斯博买的奖券突然中了一亿四千万英镑大奖。一位工于心计的诗人模特儿委身于阿斯博，成了他的情妇。阿斯博腰缠万贯而始终不改其流氓本色，然而舅甥俩的人生轨迹却从此发生了剧烈变化。有人认为作者是以轻蔑的目光审视大英帝国的沉沦。马丁·艾米斯辩称此书并非"皱着眉头对英国评头论足"，而是以"神话故事"为基础的一幕喜剧，并且坚持认为他"作为英国人，深感自豪"。

英国小说家、评论家 A·S·拜厄特认为，现代英国小说有两种传统。第一种传统是前现代的现实主义。菲尔丁是这种传统的鼻祖。这种传统侧重于小说模仿现实、记叙历史的功能，并且通过"情节"与"人物"之间的交织来表述，注重思维的逻辑性、时间的顺序性和文字的清晰性。第二种传统是现代的实验主义。其远祖可以追溯到斯特恩。这种传统侧重于小说的虚构功能，强调探索小说本身的形式结构，挖掘其象征内涵，并且认为叙述技巧与形式结构的标新立异比思维的逻辑性、时间的顺序性、文字的清晰性更为重要。

二十世纪八九十年代，英国小说出现了两种传统交汇合流的趋势。马丁·艾米斯正是这股潮流的代表人物。他在接受记者采访时曾经说过："我可以想象这样一部小说：它和罗伯-格里耶的那些小说一样复杂微妙、疏远异化、精心撰写，同时又能提供节奏、情节和幽默方面沉着而认真的满足感，这些品质使我联想起简·奥斯丁的作品。在某种程度上，我想这是我自己正在试图去做的事情。"马丁·艾米斯兼收并蓄的创作方式，不仅继承了英国小说的现实主义和实验主义传统，而且从法国罗伯-格里耶的新小说、爱尔兰乔伊斯的意识流小说和美国小说家冯内古特、索尔·贝娄、纳博科夫那里借鉴了不少新颖技巧。他的标新立异来源混杂而丰富多彩。在当今英国文坛，不少青年作家深受他的影响，威尔·塞尔夫和扎迪·史密斯便是其中的佼佼者。

虽然作者自嘲他的小说不过是游戏文章，我们千万不要被他那种令人眼花缭乱的叙事技巧所迷惑。他创作的那些"讽刺漫画"中所蕴含的社会批判和价值判断，表明他是具有社会责任感的严肃作家。 1989年春，我在伦敦英国国家图书馆中初次阅读马丁·艾米斯的《金钱》时感到十分震惊。狄更斯《双城记》的场景在伦敦和巴黎两个城市展开，《金钱》的叙事线索也在伦敦和纽约两个城市之间交织。在西方的传统观念中，爱情是纯洁的、神圣的。《双城记》主人公席德尼·卡尔登是典型的英国绅士。他为自己心爱的女人献出了宝贵的生命。《金钱》的主人公塞尔夫简直是个卑鄙畜生，情妇是他用金钱购买的泄欲工具。摒弃了圣洁的光环，爱情异化为买卖，英雄堕落为反英雄。我原来以为英国是一个具有绅士之风的国度。彬彬有礼的英国绅士，怎么会变成塞尔夫那样猥琐卑鄙的恶棍？我简直无法接受这样的人物形象！

起初我觉得马丁·艾米斯的小说令人反感，难以卒读。后来我注意到，约翰·塞尔夫在小说中自称"六十年代的孩子"。我知道二十世纪六十年代欧美社会经历过一场激进自由主义社会风暴。正是这股强烈的右倾社会思潮，冲垮了西方传统道德的底线，英雄才会异化为反英雄，神圣的爱情才会异化为可用金钱交换的生物本能。

与英国著名小说家多丽丝·莱辛研讨当代英国小说发展，使我对此有了更深入的思考。她严肃地指出："西方现代文明的发展，造就了整整一代文明的野蛮人。他们受过充分教育，掌握了现代科学知识，却用它来满足永无止境的物质欲望。西方现代文明的发展造成了野蛮的后果。虽然科学昌明、物质丰富、经济繁荣，但是精神空虚、传统断裂、道德沦丧、贫富悬殊、两极分化、民族冲突、性别歧视、国家对立、战争灾难、资源消耗、环境污染……中国现代化千万别蹈西方覆辙，必须另辟蹊径，走自己的路。"读到马丁·艾米斯小说中的色情暴力场景，莱辛关于"文明的野蛮人"这个振聋发聩的警句，就在我心中回响。也许这就是阅读马丁·艾米斯的价值所在吧。

献给萨莉

目　录

第一部

1　过去的会再回来

　　我向前走，脱离黑漆漆的沉睡，发现自己被一群医生包围……他们全都是美国人。我感觉到他们的活力，毫无拘束，有如他们身上的体毛一般茂盛。我感觉到不怀好意的触摸，来自那些不怀好意的手——那是医生的手，如此强壮、干净并满是药味。虽然我几乎全身处于瘫痪状态，却发现我的眼珠可以转动。动弹不得的我似乎给了医生不少方便，但无论如何，先张望四周再说。我知道他们在讨论我的问题，不过也提到一些他们在休闲时所从事的活动，比方兴趣嗜好之类的事。就在这时候，我飞快涌起一个念头，这念头是如此完整、如此不可动摇——我讨厌医生。讨厌任何医生。讨厌所有医生。我想起一个犹太笑话：有位老太太发了疯似的在海边狂奔，高喊：**救命啊！我那当医生的儿子快淹死了！**有趣极了，我觉得。有趣的原因是她的自傲，我想，这种自傲甚至还强过母爱。但是，为什么要因为孩子去当了医生而感到骄傲呢？（为何不是羞耻？不是怀疑和恐惧？）这些人终日与细菌、寄生虫、伤口和坏疽为伍，置身于可憎的话语和可憎的器具中（血迹斑斑的橡皮围裙就吊在挂钩上）。他们是生命的守门员，但是，为什么每个人都想当医生呢？

　　话说回来，围在我床边的医生穿的是平常的休闲服，他们的皮肤被晒得通红，流露出沉着与镇定，同时也表现出因多数而产生的一致性。要不是我处于现在这种情况，必能发现他们暗藏在行为动作中的轻忽与漫不经心。然而，这群乏味的医生，这些慢跑运动员、健美先生之类的活力专家却让我安了心，因为他们是如此认真地追寻个人的美好生活。美好生活，至少总强过不幸的日子。譬如说，他们勾勒出的是风帆冲浪，是期货交易的好买卖，是射箭、滑翔翼和精致美食。这让睡梦中的我梦见……不对，并不是像这个样子的。让我这么说吧：有一个人物，一个男性的角色，掌控了我所置身的那片混沌梦境。他的性格难以辨析，超越了所有力量，拥有诸如美丽、恐惧、爱情和淫秽等特质。这个男性形体，或说是灵体，似乎身穿白长袍（医生用的那种工作服）和脚蹬黑皮靴，脸上刻意挂着某种微笑。我猜，这个形象可能是我身旁其中一位医生的投射……那位身穿黑色田径服，脚蹬胶底运动鞋，带着确信表情，指着我的胸口摇头的医生。

时光过得无影无息，因为它已让位给挣扎。我困在这张既像陷阱又像洞穴的床铺上，感觉即将开始一种恐怖之旅，朝向某个可怕的秘密出发。这个秘密与谁有关？与他，与那个人有关——那个在最糟糕的时间、最糟糕的地点出现的最糟糕的人。很明显，我变得越来越强壮了。医生来了又去，以粗壮的双手和粗壮的呼吸，欣赏我新发出的咯咯声和呜咽声、我越来越激烈地抽搐，以及我灵活的扭动。时常，会有个护士在这儿，独自一人，很认真地值她的班。那身米黄色制服不时发出声音。这声音，让我觉得自己几乎可以将所有的思慕和信赖都托付其中——因为在这阶段我的情况已有显著改善，真的妙不可言，再也没有比现在更好的状况了。感官知觉带着种种愉悦，开始进驻我左半部的身体（这是突然发生的），接下来是右半部（以令人愉快的鬼鬼祟祟）。我甚至赢得那位护士的赞美：当她拿起便器做例行公事时，我多多少少会在不需他人协助的情况下，主动把背拱起来……无论如何，我以一种安安静静的庆贺心情躺在那儿，不知道过了多久，直到那邪恶的时刻到来——那些救护员的来临。爱打高尔夫球的医生我还可以忍受，那位护士更完全不成问题，但用电流和气流对付我的救护员就另当别论了。他们一共三个人，个个粗鲁莽撞，他们匆匆奔进房间，用几件衣物草草把我包裹起来，便将我放上担架抬进花园。没错，他们接下来拿出两个像电话筒的心脏电击器，用这种东西猛击我的胸口。最后，在他们离去前，其中有一位还亲吻了我。我知道这个亲吻的意思，这就是所谓的"生命之吻"。接下来，我一定是又昏了过去。

在耳边一声清脆响亮的爆裂声中，我苏醒过来，意识到当下只有我一人独处，意识到我所寓居的这个身体目前的状况强健极了——它正满不在乎地伸展筋骨，弓身越过玫瑰花圃去调整挂在木头篱笆上一盆松脱的铁线莲。这具庞大的身体悠悠散散在花园走动，做这做那，显然十分娴熟于这些事务。我想先放松一下，好好打量这座花园，可是却无法办到……事情好像有点不对劲：我所寓居的这个身体并不听从我的旨意。打量打量四周，我下令。但这身体的脖子完全不理会我，它的双眼也有自己想看的东西。问题很严重吗？我们不会有事吧？说来奇怪，我倒不觉得慌张，毕竟，退而求其次，我还是可以利用眼角余光观察我想看的东西。我看见成群的植物在风中轻轻颤抖，仿佛叶脉中亦有血液震颤搏动。我看见周遭环绕的是一园青绿，散发出一片淡淡幽光，宛如……宛如一张美国钞票。我在园中徘徊，直到天色变暗，才把工具放回仓库。等一下！为什么我是**倒着**走回屋子的呢？等等！现在天色变暗是因为黄昏，还是黎明？这到底……这到底是什么样的次序？我正要开始的这段旅程究竟服膺于何种规则？为何那些鸟儿的歌声如此怪异，而我又要前往何方呢？

只要是程序，无论如何都有其自身的一套规矩。而我似乎渐渐懂得个中奥妙了。

我生活在此，在充满晾衣绳和信箱的美国，在这个安全、友善、仿若民族熔炉和五颜六色的美国，在这个你没问题我也没问题的**美国**。至于我的名字……是的，我叫托德·弗兰德利，加上姓名缩写就是托德·T·弗兰德利。没错，我四处出没，既出没在"色拉食品"店内，也出没在"汉克五金世界"店外，还会出没在白色市政厅前的那片草坪上，挺着胸，叉着腰，不时无声地发出一种呵呵呵的笑声。因为我就是这样的人。我在不同地方出入，在这里的商店，这里的邮局，嘴里不停说着"嗨"、"再见"和"很好，很好"等话语。但是，事情并不像我描述的这样，实际上它是如此进行的：

"好很，好很。"药房的那位女士说。

"好很。"我跟着说，"吗好你？"

"吗好天今你？"

"您谢感。"她这么说，同时打开我的包装袋，把里面的生发水拿出来。接下来我以倒退的姿势离开，举手抬了一下帽檐。我虽然开口说话，却非出于我的意志，同样的，我所做的一切事情都是如此进行。老实说，我花了好些时间才明白，原来我所听见周遭这些杂乱不成章法的声音，其实是人们的言谈。天啊，就连百灵鸟和麻雀的叫声都变得庄严肃穆了。我对人们发出的这种唧啾声颇感兴趣，稍加研究后，很快我也能听懂了。现在的我可以说已完全通晓这种话语，因为我已可以用这种语言来做梦了。除此之外，在托德的脑海里还有另一种语言，不同于英语的第二种语言。我们有时候也会用这种语言来做梦。

无论如何，我们的日子就这么过下去了。头戴正冠，脚蹬高级皮鞋，腋下夹着一份**报纸**，经过数条门前车道（此区住宅密集）、许多印有姓名的信箱（韦尔斯、科恩、瑞兹卡、梅利古、克罗德辛斯基、谢林—卡尔鲍姆，以及我不知道的好多）。我走过家家户户门前为维持生活宁静而张贴的告示（请尊重土地所有人权益），走过几辆挤满孩童的巴士，以及画有身背书包的莽撞小孩、写有**"当心孩童"**的黄色警告标志（当然这个只有黑色轮廓的小孩不会左右张望，只低头看着地上拼命奔跑。他根本不管车辆，只顾着正当行使他的世俗权利）。当那些小家伙在小杂货店内挤过我身边时，我以心神不宁回报他们所扮的鬼脸。托德·弗兰德利，我无法闯入他的思想，却能完全感受他的情绪。我犹如一条鳄鱼，潜游在他情绪的大河中。你知道吗，孩子的每次瞥视、每双眼睛，甚至只是个纯真无邪的眯眼打量，都能在他心中勾起一串东西，让我感受到他的情绪掀起害怕和惭愧的波涛，那就是我将要前往的方向吗？关于托德的害怕，当我停下认真加以分析后，才明白那是确确实实的恐惧，不过我却无法解释。这必定和他心中的残缺有关，然而，是谁造成这个残缺？他有办法避免吗？

看呀，我们越来越年轻，越来越健壮，甚至，我们还长高了一点。我并不十分清楚我们所在的这个世界，一切事物都似曾相识，却又不是那么确定。但这么说还不够理想。这根本是个错误的世界，一个完全相反的世界。所有人都和我们一样越来越年轻，却似乎不以为意，他们和托德的心思并无二致。他们和我不同，他们并未发现这一切都异于常理，不觉得这让人有点不舒服。然而，我却是无能为力的，任何事我都无法干预。我无法将自己视为唯一的例外。其他人是否有同样状况，体内也藏着另一个人，一个和我一样像过客或寄生虫寓居在内的人呢？如果有，他们一定比我幸运多了。我猜他们绝不会拥有我们经历的这种梦境：身穿白外袍、脚蹬黑皮靴的人物，伴随他而来的总是狂暴风雪，犹如一大群人类的灵魂。

每天，当托德和我看完**报纸**，我们总会把它放回店里去。我特别注意报纸上的日期，而它的顺序是这样的：十月二日过后，你拿到的是十月一日的报纸；十月一日之后，你拿到的是九月三十日的。你能**想象**吗？……有人说，疯子的脑袋都封存着一部电影或戏剧，他们按剧本演出、装扮，一切无误地进行。很明显，托德的头脑是相当清醒的，他的世界是和别人一样的。只是，在我看来，这似乎是一部倒着播放的电影。

我并非是纯然无知的。

例如，我发现自己具备不少"价值中立信息"，如你想换个简单点的讲法，说它是"基础知识"也行。比方说， E = mc²。光速每秒是十八万六千英里，这可不慢。宇宙虽浩瀚，却是有疆界的。关于行星，有水星、金星、地球、火星、木星、土星、天王星、海王星和冥王星……可怜的冥王星，由冰雪和岩石组成，超低温、超不正常，离温暖和闪耀的太阳是如此遥远。生命不总是甜美的，不是尽如人意的。人生有时得，有时失，其公平性是可加以检定的。过去的还会再回来，例如公元一〇六六年、一七八九年和一九四五年发生的历史事件[1]。我的词汇量极其丰富，而且熟谙所有文法规则，像"请尊重土地所有人权益"那块告示，上头的所有格符号位置并不该放在那里。（第六街上那个画有地图和赞语美言的广告"罗杰的酒橱"，也同样有此问题。）尽管一些表示动作或过程的字眼会让人迷惑（这些字眼总让我加上引号，例如"给予"、"落下"、"吃饭"和"排泄"），但书写出来的文字毕竟意义清楚，不像口语那般复杂难解。有个笑话就是这么讲的："她打电话给我，说：'你过来，这里没人在家。'所以我就过去了。结果你猜怎么……那里真的没半个人在。"马尔斯是罗马的战神；那喀索斯爱上自己的倒影——爱上自己的灵魂。如果

---

1 公元一〇六六年诺曼底人威廉征服英格兰，一七八九年为法国大革命，一九四五年第二次世界大战告终。

你和魔鬼打了交道，而他想从你这儿拿走某个东西做代价，千万别让他拿走你的倒影。我说的不是镜子[1]，而是镜子里的映像，那是你的分身，是你秘密的分享者。不过魔鬼也许有话要说：他想拿走什么是随他高兴，而不是听从他人的指示。

没人敢说托德·弗兰德利会爱上自己的倒影，因为他是另一个极端，对自己的映像深恶痛绝。他靠触觉打点自己，用的是电动刮胡刀，理发也自己动手，靠的是一把厨房用的颇为野蛮的剪刀。天知道他的外表看起来是什么样子。确实，你想的并没错，我们家中是有几面镜子，但他从来没走近过或利用过它们。我仅在一次偶然的机会，从某家商店的玻璃橱窗上看见了他的映像；另有几次，在亮晶晶的水龙头或刀叉上，见到他被扭曲后的倒影。只能说，我的好奇心被吓跑了。他的身体让我的期待完全落空：两只手背上布满极大的黑斑，全身肌肉松垮垮的，闻起来有家禽肉和薄荷的味道，至于那双脚就更不用提了。我们在威尔普大街遇见一些生活过得不错的美国佬，无论是有大肚腩的老爷爷或身材魁梧的水手，他们的体格都很"令人惊叹"。托德一点也不令人惊叹，至少现在还没。目前他仍相当虚弱，全身该弯的弯、该斜的斜，无一不让人感到丢脸。说了半天，该来提提他的长相了。我这么说吧：有次，他夜半在噩梦之间惊醒，下床缓缓走进阴暗的浴室。他萎靡不振地俯身在洗脸槽前，感觉失落、茫然无知，只想冲点冷水来安抚自己，好让自己平静下来。托德发出一声呻吟，在黑暗

---

1 原文中的"倒影"和"镜子"同为 mirror 一词。

的镜子前挺直身躯，把手伸向电灯开关。这一切全是以光的速度**发生**的，但别急，我们还是慢慢来。坐稳点，我们就要开始了……

虽然说我已做好心理准备，打算目睹一塌糊涂的相貌，但那只是开玩笑而已。没想到，天啊！我们真的长得一塌糊涂，根本就是一团狗屎！我的妈呀，在镜中出现的真的算是一个人吗？你瞧，在镜里缓缓成形的是托德的脑袋，两片吉他形的大耳朵对列左右，稀疏的头发横躺在橘皮般的脑门上，像一条条白虫，又油又腻。我早就猜到他的头发是怎么回事了：每天早上，他都把头皮淌出来的油集中起来，装入瓶里，等大概两个月过去，便把瓶子拿到药房去换个三四块美金。同样的，他还收集从松垮垮的皮肤上抖出的带点香味的粉末……至于他那张脸——在那片毫无特点的废墟和残迹之中，倒是有两圈意味深长的漩涡，围住那双严厉、深藏秘密、滑稽到不可原谅并且充满恐惧的双眼。托德熄掉灯光，回到床上，继续他的梦魇。他的床单被苍白的恐惧气味所弥漫。我被迫嗅闻他所嗅到的气味：爽身粉的味道，还有他的指甲在被火焰吐出之前的味道——他先用盘子接住这些指甲，然后再耗费一番工夫把指甲——接回他那枯瘦骇人的指尖上。

是我太大惊小怪，还是这种生活方式真的太怪异？举例来说，生活中的一切、所有必需品、所有有价值的东西（这可是好一大笔财富）全诞生于家庭中的一个普通设备——马桶的冲水把手。每当一天即将结束，在我弄好那杯咖啡之前，我会匆匆匆走进厕所。此时，那里已弥漫着**暖烘烘**的难堪气味。而当我褪下裤子，压下那个神奇的把手时，那些东西便霎时出现在那儿，还伴随着用过的卫生纸——你必须捡起来使用再巧妙地把它接回滚动条上。之后，你穿上裤子，等待那股疼痛的感觉淡去。也许，这种疼痛才是整个活动过程的最关键之处，怪不得我们在进行之时要呼天抢地一番。无论如何，等我再低头时，马桶里就只剩干干净净的清水了。虽不懂为什么，但对我而言这就是一种既定的生活方式。在此之后，是两杯低咖啡因咖啡，然后才是上床睡觉。

食物方面也不怎么雅观。首先，我把干净的盘子放进洗碗机里。我认为这部分工作还能接受，就像操作其他省事省力的家电一样简单。接着，一些脂肪和碎屑开始出现在洗碗机中，被机器分配到每一个盘子上。接下来你得挑出一个脏盘子，从垃圾堆里收集一些残渣，然后坐下来稍待片刻——这部分的工作也勉强还能接受。随后，各式各样的食材会涌上我的口腔，在用舌头和牙齿老练地加以推拿按摩后，我把它们移到盘子上，再以刀叉汤匙替它们做一番塑形雕饰……无论如何，这还算容易处理，除非你要弄出浓汤之类的东西，那才是真正的惩罚。在此之后，你要面对的是辛劳的烹调、重组、分装程序，而后才能把这些东西拿回去给商超。那里的人二话不说，迅速大方地用金钱补偿了我这番辛劳。最后，你才能拉购物车或提菜篮漫步在商品陈列道上，一件件把每个罐头或食品包放回正确的地方。

关于我所过的这种生活，还有一个严重让人失望的地方——

阅读。每天晚上当我从床上爬起，还以什么开始新的一天呢？不是书，也不是**新闻性报纸**，都不是。在每天开始的头两三个小时，我是与那种八卦小报共度的。我从专栏最后一行起始，慢慢把报纸往前翻，查看这些没营养的报导被冠上什么样的斗大标题。"**男子产下一条狗**"或"**小女星被翼手龙强暴**"，总是诸如此类。我读到葛丽泰·嘉宝的轶事，说她转世变成了一只猫。一堆关于双胞胎的内容。一个来自外层空间冰云的超强种族即将诞生在北欧，他们将统治地球一千年。一堆关于亚特兰蒂斯的报导。这种小报都是由收垃圾的工人带来的，来源非常符合它的内容。我从屋外把这些产自工业暴力——被垃圾车的血盆大口倾吐而出的塑料袋拖进来，就这样坐在这儿，一边把东西吐进杯子，一边吸收这些智障者的排泄物。我无能为力，我的行动是受托德支配的，至于这个世界接下来会发生什么事，我同样也一无所知。除非托德偶尔把视线从报上的填字游戏移开，否则大多数时间，我都死死盯着诸如"**小的相反（直三）**"或"**不脏（横五）**"之类的东西。我瞄见客厅里有一个书柜，在布满灰尘的玻璃门后有布满灰尘的书籍，那些书多么令人感兴趣啊。但是，对托德却并非如此。他阅读的东西总是"冥王星之恋"、"我是莎莎嘉宝说的猴子"和"逼逻五胞胎"。

不管如何，随着时间跟跄前行，总还是出现了一些正面的事。我认为，里根时代对托德身心各方面而言，都创造出了不少奇迹。

生理上，我正处于良好状态，无论足踝、膝盖、脊椎或脖子都不再整天犯疼了——或许不是突然一下子就全不痛，但反正现在已经不再疼了。我移动的速度比以前快了许多，房里最远的几个地方，我还来不及意识到，就已经走到那儿了。我的仪态几乎已完全潇洒从容，那根拐杖也在甚早之前就卖掉了。

托德和我的感觉是如此美妙，于是我们加入了一个俱乐部，开始打网球。刚起头的时候也许有点操之过急，因为连续几次，这运动都让我们的脊背痛到像狗娘养的。我发现网球是一种很笨的游戏，当那些毛茸茸的小球跃过球网，或从球场四周的铁丝网围篱外飞进来时，我们四个人轮流拍击它（在我看来，这些动作根本毫无章法），直到它被发球者装进口袋为止。尽管如此，我们还是不停蹦跳喘气，兴致盎然。我们互相戏谑捉弄，嘲笑彼此的疝气带和手肘护套，喧喧闹闹说些幼稚低俗的话。托德是个受欢迎的人物，这些家伙看来似乎很喜欢他。我不知道托德对他们做了什么，但我可从他内分泌的状况得知，他根本不必刻意用心，可以完全不经意就能达到这样的效果。

大部分时间，我们都待在俱乐部里玩纸牌。我就是在那里看到里根总统的，从高高挂在墙上的电视机里。是的，这些老家伙，这些长满老人斑、人手一杯果汁的老人团体，他们一看到总统可就有挑剔不完的评语，包括他的皱眉、他在电视上的失言，以及他那世界一流的头发。托德很喜欢待在这个俱乐部，但这里却有一个人让他又恨又怕。那个人的名字叫阿特，是个虎背熊腰的老爷爷。他总是猛拍他人的背部，以强度足以穿透千年的声音和人打招呼。当我们第一次发生冲突时，我也几乎被吓得半死，那时阿特走到我们的桌前，猛击托德颈背，差点折断了他的脖子。他以骇人的音量大声说：

"你生吞活剥她们！"

"你说我什么？"托德说。

他凑近过来。"别人也许吃你这套狗屎，但是，弗兰德利，我知道你是什么样的人。"

"哎，那些只是传闻而已。"

"你还在追求她们？"阿特喊道，然后便走开了。

每次我们想悄悄走过阿特所在的桌前时，总先是一阵安静，然后便是阿特那响遍整个俱乐部房间的沙哑嗓音："老不羞托德，登徒子弗兰德利。"托德并不喜欢这样，他一点也不喜欢这样。

尽管如此，最近这些日子，托德·弗兰德利每次上超市，确实会任目光在那些拉着手推车的姑娘身上游移：小腿肚、两片臀瓣的交界、锁骨下的沟槽峡谷，以及头发。接下来，托德有了一个黑色的盒子，里面全是女人的相片，都是一些穿着晚宴服装或淡棕色套装的老女人。盒中还有系着丝带的情书、项链坠饰盒，以及种种与爱情有关的小饰物。此外，还有另一些女人的相片摆在盒子的最底层，托德较少去翻动的地方，她们的相貌明显比上层的那些女人年轻多了，而且还可见到她们短裤或泳衣的装扮。如果这些东西的意义和我所想的意义一致的话，那我可真是迫不及待，快要忍耐不住了。我知道这样说根本于事无补，但我已经厌倦与托德相伴了。当然，我和他是一

15

直在一起的，可这完全无助于改善他孤独的状态。**他的**孤独是全然的，因为他并不知道我就在这里。

我们不断出现一些习惯，都是些坏习惯，我认为托德是在孤独的情况下一件件染上的……他养成对酒精和烟草的爱好。几杯红酒，一大支雪茄，他用这种恶习展开新的一天，但这不是最糟糕的。他还出现了一种毛病，尽管并不十分热衷，也不是每次都会成功，但我可以确定，我们已开始靠自己的力量去做和性有关的事了。这种行为总发生在我们醒来的**时刻**，然后我们便蹒跚站起，捡起地上的衣服，坐下来让酒从嘴里流进杯子，一口口吹吸着雪茄，翻开小报盯着上头狗屁倒灶的文章。

托德是个好人吗？如果是坏人，行为到底有多恶劣？我很想知道，却又很难搞清楚。他在大街上抢走小孩子手中的玩具，他真的这么干了。那些孩子就站在那儿，身边跟着紧张的母亲和壮硕的父亲，而托德就这么走过来，让面露微笑的孩子把玩具交给他。虽然那只不过是个会发出响声的小鸭之类的玩具，托德还是把它拿走，离开，脸上带着极做作的笑容。孩子的表情突然变得一片茫然，一片空白，玩具和微笑都不见了。托德同时夺走了小孩子的玩具和微笑，旋即转到商店去，把玩具换成现金。这样做的代价有多高？不过就几块钱而已！你相信吗？这家伙还从婴儿手中抢糖果，为的只是那五毛钱。当然，托德也会去教堂这样的地方。每到星期天，他都会戴上帽子，打好领带，穿上深色西装，慢慢徒步去那里。一路上，你见到的都是人们慈善的面容，而托德似乎很需要这种东西，需要像这样的社交保障。我们和大家一起并排坐在长椅上，朝拜一具尸身，但托德的意图再明显也不过了。天啊，他竟如此恬不知耻，每次都从奉献袋中拿出好大一张钞票。

对我而言，一切都是怪异的。我知道自己处在一个狂暴又神奇的星球上，它散放或摆脱雨水，一抖又一抖地把水汽甩掉；它射出闪电金光，以每秒十八万六千英里的速度进入高空；它稍稍耸动一下地壳，便在半小时内建造出一整座城市。关于创造……对它来说是简单的、快速的。当然，除了这个星球还有宇宙，有其他群星。我知道它们都在那里，也确实亲眼见到了，因为托德像所有人一样，会在夜晚抬头仰望天空并低语指点。然而，我却无法忍受凝望星空。北斗星、天狼星、大犬座，这些星星让我头皮发麻，宛如梦魇的路线图，所以千万别把那些点给连起来……星空浩瀚，但其中只有一颗星球我可以不带痛苦地凝视。那是一颗行星，他们称它为"晚星"，也称它为"晨星"。那是最热情的金星[1]。

我知道，藏在托德那个黑色盒子里的信都是情书，但我告诉自己要耐心等待。这阵子，有时我会把一些不是我写的信折起来，随便加以封缄，然后再寄送出去。这些信件都是托德制造的，用的是壁炉的火焰。我们会走到屋外，到写有"T·T·弗兰德利"字眼的信箱那里，把这些信件塞进去。这些信件全是写给我，写给我和托德的，不过目前和我们通信的人只有一个，某位住在纽约的家伙。信末的署名永远一样，而且内

1　在西方星相中，金星是爱情的代名词。

17

容也总是差不多。它是这么写的："亲爱的托德·弗兰德利：愿你身体康健。此地气候依旧和煦宜人。祝福您。"这种信件每隔一年就会来一封，时间大约是在过年前后。没几次我便发现它们既重复又无聊，但托德的感觉可不一样。在信件出现之前的一连好几个夜晚，他总是明显流露出恐惧，深陷在低落的情绪里。

我其实是喜欢观赏月亮的。每到这个月的这个时刻，它的脸总是特别的怯懦和优柔寡断，宛如大地上被放逐或降格的灵魂。

2 为善必须残酷

事情的发展是一个接着一个来的。新的住所，开始上班，有了自己的汽车和爱情生活。我忙着从事这些活动和诸多琐事，几乎快没有自己的时间了。

这次搬家非常顺利，过程既明快又流畅。几个大汉过来，把我全部家当都放上卡车，我便和他们一起坐进驾驶座，一路上轮流讲着笑话直到抵达目的地。这地方位于市区。沿着河流南边的第六街前行，越过铁路，经过几道生锈围篱和残败破落的建筑，便来到我们的新居住地。这里比我们以前住的地方还小，此为联排式住宅建筑，上下各有两户，共享一个不怎么大的后院。我很喜欢这个地方，我想，这是因为我乐于见到人类多样性的缘故。美国是个极具多元性的国家，而这里甚至比多元还要多元。不过托德却迟迟拿不定主意搬来这里，我看得出来，他十分迷惑。例如说，在我们搬家那天，当这些大汉还抬着条板箱和大纸盒跟跟跄跄地出入时，托德却溜进了花园，溜进那个他花了许多年工作过的地方。他跪下来，把头贴至地面，贪婪疯狂地嗅闻着泥土的味道……花园是美丽的，有其独特之美。湿气在干草叶上形成露珠般的水滴，水滴飞上空中，仿佛因我们胸口的剧烈起伏而有了能量。水汽浸湿了我们的脸颊，感觉宜人又美妙，直到我们发痒的眼睛将它吸进去为止。

他为什么如此悲伤呢？那时候，我猜他是舍不得离开这座花园，放不下他为花园做的一切。在我们的旅程开始之初，这个花园还是一座天堂，但经过这些年……哎，我只能说这完全不干我的事。这么做不是我的意思，我永远做不了主。所以，托德的泪水是痛悔之泪，或赎罪之泪，是为他过去的这些行为而流。你看看，现在这里宛如一场梦魇，植物个个枯萎凋零，长满真菌和黑斑。郁金香和玫瑰曾在此处盛开，而他却不厌其烦地抽水和破坏，又掘出它们的尸体，一把把装进纸袋拿到商店去换钱。他还把野草和荨麻插进土壤——而大地似乎也很乐意接纳这些丑陋的东西，以无形之手一攫便牢牢定在土里。同样的，接下来惨遭托德一丝不苟的破坏行为毒手的是那些果实。绿蚜虫、粉虱、叶蜂等害虫都是他的知交。还有马蝇，他似乎用手腕轻轻一挥，就能把它们召唤至面前。那些肥大的马蝇去了又来，它们在此歇息，在不怀好意的期待中摩拳擦掌。关于破坏……破坏是困难的，是极其缓慢的。

如我所说，创造是容易之至的事，我们的那辆汽车就是最好的例子。在新家乔迁妥当后，我们做的第一件事便是往南走过几个街廓，现身在一家小汽车修理厂——或者说汽车坟场的地方。这里虽可用"四壁萧然"来形容，但事实上这里根本连一堵墙也没有。就连附近的建筑物也都相当低矮，而这显然是目前这个时代的城市很普遍的现象。你可以忍受在此区工作，但绝不会考虑住在这种地方，因为一座都市的意义和内容全都被贮存在上城，全都在摩天大楼的雕梁画栋间……说也奇怪，这辆车看起来还马马虎虎，和其他车子几乎没啥两样，托德却以充满情感的眼神盯着它。我不知是否能这么形容，但托德隐约带着……带着一种失恋的感觉。车厂的老板走过来，用手指头擦掉一块抹布上的油垢。接下来，托德掏出八百块美元给他。老板点过钞票后，两人开始讨价还价。托德说九百，老板说七百，然后老板说六百，托德却坚持一千，就这样你来我往了好一会儿。当只剩托德自己与这辆车独处时，他用手指头轻轻抚摸车身。他想寻找什么？找的是车子表面的伤痕。关于伤痕……我记得那天早上托德是十分忧郁的。当天下午他才参加过一场葬礼，或只是巧合目击了一场葬礼。在那满是坟墓，却没几位送葬者出席的教堂墓地，他有点畏缩不前，只在胸前画了个十字，便匆匆溜走了。那时我们搭上公交车离开，车上全是醉汉和高声尖叫的小鬼，这趟路途仿佛无止无尽，足以证明轿车是不可或缺的。说回轿车。每天我们都走回汽修厂那里，而我们这辆车子也一天天扭曲变形。八百块？只要八百块钱，你就能亲眼见到这些"油猢狲"¹拿着铁锤和螺丝扳手，忙着对付这辆轿车，将它慢慢破坏成一堆失事后的废铁。

不消说，到了我们去取车的时候（取车地点不在这里，而是在上城某地），托德这辆车已十足变成了一个便盆，但我们的外表也好不到哪儿去。整个交易过程包括一个极讨厌的开端——医院。是的，我们先拜访了急诊室，到那儿走了一趟。感谢上帝，幸好我们没在那里待太久。不过既然到了那里，该做的事就还是得做：脱下衣服，接受戳刺拍打。不过，你可以

---

1 俚语，指汽车修理工人。

自始至终都垂着头，不必管他们到底对你做了什么，毕竟这里还轮不到你说话，也完全没有你插手的空间。折腾一阵后，医护人员终于开车把我载去上城的事故现场。我那辆车就停在那儿，像一头突发痉挛的老疯猪，塌了鼻子，断了獠牙，还喷出阵阵白烟。当警官扶着我，把我塞进驾驶座，并努力关上已变形的车门时，我的感觉并不太舒服。于是我暂退一旁，让托德来处理接下来的事。车外有形形色色的人们围观着我们，一时之间，托德只呆呆地看着他们。旋即，他开始有了动作，用脚猛踩住刹车踏板让车子发出尖锐嘶鸣，引擎也同时隆隆运转启动。他极有技巧地把车尾一甩，响亮地给路边那个弯曲变形的消防栓一记肩部的正面冲撞——然后我们便上了路，迅速回到大街上。其他车辆则呼啸而入，填满了我们离开后突然腾出来的空间。

说来实在凑巧，几分钟后，便发生了我们情感生活中的第一次接触事件。我们一返抵家门，托德便猛然把油门直踩到底，让车子戛然而止。他并未稍作停留赞赏一下这辆轿车（了不起！现在它已焕然一新了），只匆匆进屋，愤怒地喘着气把外套脱掉，径直朝电话那里狂奔。

我集中注意力，把这段插曲大致记了下来。它是这样进行的：

"再见了，托德。"

"等一下！别轻举妄动。"

"管他的，反正到处都是屎事。"

"艾琳……"他说。

"不，我非这样做不可，托德。现在我只是个恐怖的老女人了。事情怎么会这样呢？"

"别这样。"

"是的，我不会。我会去自杀。"

"别这样。"

"我这就打电话给《**纽约时报**》。"

"艾琳！"他叫道，口气中蕴含了怒意，全身上下也热了起来。

"我知道你改了名字。怎么样！我知道你在逃亡。"

"你什么都不知道。"

"我马上就要去告发你。"

"哦？是什么？"

"这是你自己说的，在睡梦中。"

"艾琳。"

"我知道你的秘密。"

"什么？"

"我要让你知道一件事。"

"艾琳，你喝醉了。"

"你这大混蛋。"

"喂？"托德有点厌烦地说，然后挂断了她的电话。他放下话筒，听着话机发出一连串铃声——这是这种机器惯有的固执性。接着，电话就安静下来了。此时，托德的感觉是一片空白，十分清澈明晰……无论如何，在经历这个事件之后，我认为事情一定只会转好而不会变坏。我很期待托德再去打开他那个黑色盒子，让我有机会好好看看这个艾琳究竟长的是什么模样。不过，他并没有这么做，我半点机会也没有。

爱情，也许会像开车一样。

"老伯，你开车的日子结束了。"穿着油腻粗蓝布工作服的修车技工如是说，穿着白森森外袍的医院护士也如是说。但他们全错了。恰恰相反，我们开车的日子才刚开始。我猜，托德一定很怀念威尔普的那栋旧房子，因为那里是我们开车出门最常去的地点。他保留了一把钥匙，我们可自由进出，恣意在每个房间走动。现在这里已是一片空空荡荡的了。他在此到处打量，而这个动作是在爱意伴随下进行的。后来，我们在威尔普区又看了不少房子，可是其中没有任何一栋像我们的老房子一样值得他费心端详。一回到第六街，他总是把车开得特别缓慢。

我们开始发现情书，出现在垃圾桶里，全都是那个艾琳写来的。他把这些信件捡拾起来，凑近面前，然后将它们随意塞进抽屉之类的地方。爱情也许会像开车一样。当人们移动，驾车出游时，他们看的是自己先前过来的方向，而不是未来要去的地方。所有人不都是这样吗？我说爱情会像开车，表面上看起来似乎风马牛毫不相干，但我举个例子好了：你的车上有五个挡位，而前进的挡位只有一个，上面标示着代表"后退"的字母 R。当我们驾车时，我们并不看我们要去的方向，我们看的是我们走过的地方。当然，这样难免会发生意外事故，但大多时候都没啥问题。整座城市的车流交通，就在这种信赖的交响曲中顺畅进行。

关于我的职业……我并不想多谈，而你一定也不想听。有

天晚上，我一下床就开车，而且开得非常糟糕，歪七扭八直抵
一间办公室。接着，我和一群新同僚一起参加了一场派对。到
了六点，我步入一个房间，房内桌上有块席卡写着我的名字。
我穿上白色长袍，开始工作。你问我做的究竟是什么工作？我
是替人看病的！

　　就这样，生活逐渐加快脚步，而我在城市的人群，城市的
街景，都会的金属、水泥以及尖锐的互动关系中活动。在这个
超大型的齿轮装置里，我只能忍受磨擦辗轧，紧咬硬嵌地过
活。这就是城市，而比这座城市还大的都会还真不少（例如纽
约，那座我知道气候一直和煦宜人的城市），城市会影响那些
住在里面的人，而对于那些"**不该**"居住在城市里的人，影响
可能更加深远。这些不合时宜者，是在错误的时间出现在错误
的地方的一群错误的人。像艾琳，她就不该出现在这座城市，
而托德从某方面来说，在此倒是怡然自得。他已经不再开车去
威尔普了，但我敢打赌他仍怀念我们在那儿的时光，怀念那段
他穿着老年人的制服的时光，怀念那个安宁平和、与世无争的
时期。老人一点也不可怕，不是吗？我们绝对不会从老人或伛
偻者身上寻找残酷的特质，因为残酷是眼神明亮的，是脸色红
润的……

　　尽管托德有了全新的专职工作，他却居住在一群下层人士
之间。这里是城市的内里，是一个比城市还要城市的地方。我
说下层，内部，但这些状态该如何形容呢？天知道城市又如何
会落入这般光景？你可以想象一下，人们必须付出多少苦心劳

力，才能在最后破坏这座城市（也许是几个世纪之后，远超过我的有生之年），才能创造出美丽的原野、造出一片绿草如茵的应许之地。我必须感到庆幸，因为我并不是出现在这座城市的肇始之时。当时它一定是突然就有了生命，在一瞬之间，大步摆脱那片死寂的沙漠或湿地，刹那间便具有了相当的规模。说到居住环境，我的那些同事们倒是挑选得相当谨慎明智，他们不是住上高高的山丘，便是选择住在东区面朝海洋的市郊。话说回来，也许托德·弗兰德利需要城市，因为在此他可以永远走在人群之中，在此他绝对不会感觉到孤独寂寥。

回到我职业生涯的情况好了。大概一个月前的某个夜里，托德在一种极不寻常的绝望状态中醒来，那时他身上的衣服已穿好一半，而眼前的一切事物都在天旋地转——他心里面似乎有一个零件松脱了，在那儿不断发出呻吟哀嚎。我想，难怪昨天我的感觉如此糟糕，尽管昨天总是可怕的。当托德解决一杯茶后，他突然跳起来做了某件大事——一件"扭扭捏捏"的大事。我们走进客厅，拿起过去一直摆在火炉壁架上当装饰的铜钟（噢，他的手还真是粗壮啊），粗暴地将它塞进从垃圾桶拣出来的礼物包装纸中。托德拿着铜钟呆了好一会儿，他凝视着钟面，凝视着那块玻璃，同时露出凄惨的笑容。我们所在的房间仍在不停旋转——以逆时针的方向，接下来我们便已坐上轿车，驾车去第六街上的综合医院，直接走向了柜台。在此，托德很不经意地，把我们的这座铜钟塞进那位名叫莫林的护士怀里。小莫林显得有点激动，但她还是做了一番得宜的言谈。小莫林……她那张脸我还真无法恭维。金发，雀斑，卑贱的北欧人相貌。那张太宽又凸出的嘴巴，设计的目的仅是为了传达一种"无力感"而已。无力感可以说包含了"希望"和"绝望"，而且是在同一时刻发生的。

关于我的医生工作，我不能假装说是突然凭空得来的。在我们开始工作之前，我们这间小房子便已渐渐出现医学器材，摆满了各式各样的医疗用具。那些关于解剖学的书籍，是从后院的火堆中诞生的，而同样地方还诞生出了医生处方笺和一副塑料制的人体骨架。有一天，托德从垃圾堆中取得一个镶在框中的证书，旋即拿去挂在墙面的钉子上，接着他很感兴趣地仔细看着证书上精美的字迹，足足看了好几分钟。当然，每次遇到这种时候，我总是会得到很大收获，因为文字传达的意思往往是清楚明白的，即使托德是以倒着念回去的方式进行的。

医神阿波罗、健康之神、帕娜西亚及天地诸神为证，鄙人敬谨宣誓，愿以自身能力及判断所及，遵守此约……我愿以此纯洁与神圣之精神终身执行我职务。无论身至何处，我将全心帮助病患，避免所有蓄意不公与恶行……

这段文字让托德笑了好一会儿……此外，医生专用的那个黑色手提包，也从橱子里跑了出来。在那里面，是一个痛苦的世界。

是一个痛苦的小竞技场，底层全然一片黑暗。

艾琳现在每隔一段时间就会打电话给托德。我认为这样很好，事情才刚开始，我们应该多多了解彼此。电话中的她很平静，也很清醒（多数时候）。托德把接听她打来的电话视为繁重工作中的一个项目，他带着认命服从的心情，搭配几杯威士忌和雪茄。艾琳说她很悲伤，很寂寞。关于她内心的不愉快，她说她发现自己越来越不想怪到托德头上，又说她明明知道他是个混蛋，却不明白自己为什么会爱上他……这点我也不明白，但爱是一种奇怪的东西。爱情真的很奇怪。有时，她会说她正在思考自杀的可能（必须承认，这时她是相当冷静的），而托德则警告她绝不能有这种罪恶的想法。就我个人的看法，我觉得我们完全可以把"**自杀**"一词视为一种很空洞的威胁术语。我仔细想过，自杀是完全**不可能**的，在这个世界根本行不通。一旦你来到这个世界，一旦你出现在这里，就再也不能脱离。你毫无提早离开的方法。

艾琳经常啜泣，但还算有节制，而托德也保持风度扮演好咨询者的角色。她说她很抱歉，他也说很抱歉。事情总是以这副模样重演。

我希望未来他可以善待她，好好给她一点补偿。

关于行医这档事，我的感觉已变得越来越麻木了。我并非完全没意见，但这里不是受我指挥，由不得我做主当家。因此，唯有斯多葛式的忍耐，才是我唯一的出路。托德和我在这行业似乎还算蛮成功的，目前尚未被任何人抱怨过。同时，到目前为止，我们也还没像这里其他人一样被派去处理那些血淋淋的场面——这些场面的血腥程度绝对超乎你的想象。出人意料的是，这里的人都以为托德很神经质，都私下或公开嘲笑过他的这种倾向。我说"出人意料"，是因为我恰好知道托德一点也**不**神经质。神经质的人是**我**，我才是那种最容易受到惊吓的人。哎，托德绝对应付得来的，他的性情带有无惧又疏离的特质，颇适合应付这里的惶惶眼神、残缺的人体气味，以及日常反复轮转的一切。托德对这些都甘之如饴，相反地，我倒是深陷折磨之中。以我的观点来看，这种工作简直要受一连八小时的恐怖攻击。请想象一下我蜷缩在托德体内，虚弱地直作呕，一心只想挪开我的目光……我所要说的是有关暴力的问题，一个最复杂的问题。在理智上，我可以接受暴力是有益处的、良善的，但我的内心始终无法苟同它的丑陋。我知道自己一直有这个毛病，即使以前在威尔普的时候也一样。哭得声嘶力竭的孩子因父亲狠狠的一巴掌便恢复了平静，死掉的蚂蚁因路人无心的一脚便恢复了生命，受伤滴血的指头被刀子划过后便立刻愈合无痕……每当诸如此类的事发生，总让我惊心不已，但我所寄居的这个躯体——托德的躯体，却丝毫没有半点感觉。

我们所专精的似乎是以下几个项目：文书工作、老年病学、中枢神经系统疾病以及所谓的咨询。我身穿白袍坐在那儿，身旁是叩诊槌、音叉、小手电筒、压舌板、针头和注射器，而病患的年纪几乎全比我老。我必须这么说，通常他们都是神采奕奕地进来，转身，坐下，勇敢地向我点点头。"不客气。"托德先这么说，而这些老病患则会说"谢谢医生"，然后伸手递上处方签。托德接过来，拿起笔，旋即在写字板上对这张纸笺施行神奇的灭迹大法。

"我开点药让你吃，"托德很有威严地说，"这会让你觉得舒服些。"这根本是鬼扯，我心知肚明。接下来，尽管他们对彼此的认识是如此薄弱，托德却随时会做出极具侵犯性、极让人不舒服的动作——把手指头伸进这可怜人的屁眼里。

"我感觉更害怕了。"病人说，同时解开裤带。

"以你的年纪来看，我认为你的状况还算良好，"托德说，"你感觉沮丧吗？"

结束诊疗椅上的例行公事后（我们两个都觉得厌烦透了，只能强迫自己忍耐），托德还会做一些举动，例如摸摸病人的脖子，摸摸太阳穴处耳朵边的动脉，再捏捏他的手腕。接下来他戴上听诊器，把钟形的听诊器头上上下下在病人身上触按。"闭上眼睛。"托德对病人说，而且当然，他们立刻就把眼睛睁开了。"握住我的手，抬起左臂。很好。先放松一下。"接下来就是**"咨询"**，典型的过程如下：

托德："这样做会引起其他人恐慌。"

病人："大叫'**失火了**'。"

托德："如果你在剧院中，突然看见某个角落冒出火光浓烟，你会怎么做？"

病人："是的。"

托德停了一下。"那只是字面上的意思，正常的答案应该是：'没人是完美的，所以勿道人之短。'"

"他们会打破玻璃。"病人皱起眉头说。

"俗话说'在玻璃房子里的人勿扔石头'，是什么意思？"

"七十六……不对，是八十六。"

"九十三减七是多少？"

"一九一四年到一九一八年。"

"第一次世界大战是何时？"

"好的。"病人说，坐直了身子。

"那我问你几个问题。"

"没有。"

"睡得好吗？有没有消化方面的问题？"

"明年一月我就满八十一了。"

"你今年……几岁了？"

"我感觉不太好。"

"唔，你哪里不舒服？"

所谓咨询就是像这个样子，而当他们离开的时候，脸上当然不会带着愉快的表情。他们总是睁大眼睛看着我，慢慢倒退，然后离开这里，只在经过门口时稍稍停一下，做了个古怪动作——轻轻敲房门几声。话说回来，至少我敢说我对这些老家伙并未造成任何实质性或持久性的伤害。不像其他来到医院的病患，光就身体外观来看，他们离开时的状况总是比进来时糟很多。

医生享有的社会地位始终是理所当然、不可思议的高。当你身穿白袍、提着黑色提袋，以医生的身份在社会上活动时，其他人的眼光总是仰望你的。最明显表露出这种态度的是天下所有的母亲，她们所展现出来的样子，似乎摆明她们的小孩可以任由你处置；身为医生，你可以让小孩独处，可以把他们带走，而且只要你乐意的话，也可以再把小孩带回来。的确，我们是高高在上的，我们这些医生。我们的存在压抑了其他人，让人一本正经地对待，而这些人偏斜的目光却赋予医生以英雄和探索者的形象，让他们板起严肃面孔，以为自己是生化战士。为什么会这样呢？……我之所以能支撑下来，撇除艾琳和我的聊天不算，是身体上的变化——我和托德最近的状况实在奇佳无比。托德并没有因为这种进步而表露出任何欣慰喜悦之情，这点让我很无法理解。想想过去我们在威尔普的那段时光……天啊，那时我们才刚学会走路，而且从房间这头走到那头就得花上二十五分钟。现在我们可以不用发出呻吟，不必担心膝盖爆裂，就能轻松弯腰拾物。我们甚至能在楼梯上跑上跑下……喂喂，干吗这么十万火急？偶尔，我们会从垃圾桶里捡出属于身体的碎屑，有时是一个牙齿，一片指甲，或是多出来的头发。那阵子他常常会有迷糊、头昏和想吐的情况，本来我以为这是生活中必然的正常现象，没想到那竟然只是短暂的困扰。有时候，一连好几分钟（特别是在你躺下来的时候），竟然一点问题也没有。

托德并未感觉到这种进展。就算他有，从整体上来看，也显得完全漠不关心。唯有一件事例外。你知道我们在威尔普的时候已开始做和性有关的那档事了，那时我们不是很敷衍草率地，靠自己的力量加以解决吗？现在托德做起这件事已比较卖力了，也许是为了庆祝日益增加的活力，也许把它当成一种锻炼。无论如何，我还是搞不懂这样算不算是进步……至于托德呢？我就不知道了。这样做给你的感觉是什么？感觉很好吗？因为从我的角度来看，它仍旧只是个上上下下的动作。

他的梦境里充满人物，飘散于风中宛若落叶；充满灵魂，聚集成群如我痛恨见到的繁星。梦中的托德打算进行一场冗长论说，要讲的全是肺腑之言，所幸那些看不见的聆听者和审判者拒绝相信，全都沉默、厌烦又嫌恶地把脸背过去。有时，他的演说会无可奈何地被愠怒的议员、惹人厌的胖市长或老实善良的列车服务员给打断。但也有时，他会爆发出强大力量，这力量狂涌而出解决一切问题，让每件事都变得一清二楚——当然，这力量是借自那位主宰他所有梦境的守护神祇的。

皮条客，还有那群小妓女……

这里的一切在令我迷惑：地区经济、商业活动、对弱势者的草率安置以及这座冷漠的城市。我陷入这种情境的机会很多——我是说，陷入迷惑的情境。我很怀疑，事情是否能有真相大白的一天。不得不承认，我的理解力正渐渐变拙，说不定越来越弱智，甚至还有点自闭的倾向。看来我玩的并不是一整副牌，这副牌并没有因为我而增加，而这个世界也还没开始合乎道理。当然，我似乎非得和托德拴在一起不可，但他却不知道我的存在，让我不免感到有些寂寞……托德·弗兰德利，强硬的或柔软的托德·弗兰德利，他逍遥在这城市的底层结构：庇护所、收容中心、中途之家和慈善机构。他不是那种根深蒂固爱管闲事的人，也没有因为个人理由而拼死保卫这些匪夷所思的机构。尽管在此处被谩骂已成了家常便饭。他总是来了又去，提供建议、指点和劝告。他是一个不幸的中年男子，而在此生活的则是贩毒者、妓女、单亲的爸爸或妈妈、没固定居所的流浪者。

妓女和成年男人之间存在一种关系，的确如此。而你很难得见到她们在意这些家伙的年纪。嫖客们东张西望倒着走进那些房间，进入赫雷拉路上那些潮湿阴森的廉价公寓，溜进她们短期租赁的套房。在那儿，当爱的行为发生之后，那位嫖客（或他们自称的**恩客**）会因为某种理由而马上得到一笔报酬。事成之后，这对愉悦的伴侣会先相偕漫步回街上，随后才各自离开。这时候的男人看起来总是鬼鬼祟祟、一副惭愧的样子（为了钱而做这种事），而那些饥渴的妓女则会留下来，身穿短背心、热裤站在大街上，或等待下一场约会，或搭上谁的便车，跟随某个古怪家伙前往某个不知名的地点。托德经常出现在这些妓女的廉价公寓里，他也有些岁数了，因此那些女孩都会对他采取行动。不过托德并不是为了性或金钱才到这里的，完全相反，他是来付钱的（但只是象征性意思几块钱），而且裤头永远是系得牢牢的（他连想都没想过，完全把她们当成另一种人）。基本上，托德似乎是来这里买药的。这些四环素、美沙酮之类的药物，他买来并不是要自己使用，而是带回去放进医院的药房。除此之外，在处处皆是凌乱床单和脏污脸盆的赫雷拉公寓，托德偶尔还需要处理一些身体上的伤害问题。

在临时收容所里，所有游民嚼的全是一样的东西，这点和一般餐厅或医院的食堂大不相同。我总觉得，人人都嚼同样的东西并不是件好事。当然，我知道没人可以选择食物，因为它们全来自卫生下水道系统，差别仅在于有些地方的卫生设备明显强过他处。可是当我看着他们把食物从嘴里舀出来，然后那里大约二三十个盘子全装满同样的东西时，我仍不免有点晕眩的感觉……至于在家暴中心和庇护所，那些来此寻求保护的女人，全都在躲避他们的救赎者。家暴中心这名字不是凭空取来的。如果你想要暴力，只管来此登记，无论红肿、擦伤或黑眼圈，在此都会渐渐加深、日益鲜明。这些伤痕会持续到这些女人离开的那一天，她们会在极哀伤的情绪下，回到那些男人身边，让他们在一瞬间就让这些创伤痊愈。不过，有些人的情况比较特殊，需要特别的治疗方式。她们必须一跛一跛离开，走到某个公园或地下室之类的地方躺下，直到有男人过来强暴她们之后，她们才又生龙活虎恢复活力。真是狗屁！庇护所那位最惹人厌的护理员布拉德总这么说，她们（指待在庇护所的那些女人）又不会怎么样，她们本来就需要男人的那根东西。托德总是对布拉德皱着眉头。布拉德这家伙我也蛮讨厌的，我虽然很不想这么说，但不得不承认，有时候他说的话确实一点错误也没有。这个世界究竟是怎么回事？为什么连布拉德这种人都可以把事情说对？

　　我和托德对事情的看法并不是很一致，有时差别会相当大。比方，托德对皮条客相当不感冒，我却认为他们是一群杰出的人物。甚至可以说，是他们的华丽服饰和坐骑让这座城市增添了光彩。如果没有皮条客，那些可怜的女孩该怎么办呢？还有谁会不求回报而拿出大把钞票交到她们手中？他们可不像托德，不像他那种假惺惺的慈悲。托德只是到那里蹓跶一下，把脏东西涂在女孩们的伤口上，然后在饱受委屈的皮条客露面之前火速离开。皮条客会用戴着珠宝的拳头把那个女孩整回原形，而当他在这么做时，床边摇篮里的婴孩会立刻停下哭声，如天使般安稳沉睡，因为皮条客来了而感到安心。

艾琳仍固定打电话来，但我不可以因此而燃起希望。我本来以为她就要慢慢接近我们了，可是她却没有，她又转过身去对抗我们，而且极其激烈。为什么呢？我一点也不明白。是我们说错了什么吗？

不过，最近还是有一些令人欣慰的事——当托德打量街上女人的时候，这次他的视线总算投向我所希望的地方了。我们的优先次序当然不可能完全吻合，但至少是有重叠的。我们喜欢同一种类型的女人，有女人味的那种。托德会先看她的脸，然后是胸，再下来是下腹部。若是从女人背后观看，他的顺序则是头发、腰，然后臀部。看起来，我们两个都不是那种恋腿癖，但我还是希望能比我所看到的再多往下一点。此外，我还很不满意托德对各个部位的时间分配。他看脸看得太快，往往只匆匆一扫，便掠过对方的眼睛，而那里却是我希望能多驻足的地方。也许是礼俗不允许他这么做吧？无论如何，我还是感到相当欣慰，至少，现在当我努力把目光移向他视线未及之处，打量他没在看的事物时，我已经不会像过去那样出现晕眩的感觉了。

也许是受到我们从事的社会工作的影响，不知不觉中，我们一个人所进行的性行为最近变得越来越生气蓬勃了。当然，那失落的元素、那上等的精华，都是在抽水马桶或垃圾桶中出现的。

如果没有马桶，托德和我该怎么办？如果少了垃圾桶，我们又该如何是好？

在天黑之后，经常会有妇女把婴孩带到托德这里。尽管这让托德感到沮丧，不过他通常还是表现出相当的同情心。这些母亲以抗生素作为看诊的报酬，而这种东西往往是造成婴孩痛苦的原因。为善必须残酷，但这些婴孩在离开之时，情况并未变得比进来的时候好。他们在走出大门的途中很有耐心地把这里搞成地狱，而母亲们也跟着发作，一起哭着离开这里。我知道为什么。我可以体会他们的心情，因为我很清楚人们是如何消失的。至于他们消失后去了哪里？别问我这个问题，永远别问，这完全不关你的事。那些在街上玩耍的孩子会变得越来越小，到了某个时刻，他们就必须坐进婴儿车，而再过段时间就得缩回襁褓，得抱在怀里轻哄才能让他们不哭——他们当然会为了即将离开人世而感到难过。到最后那几个月，他们哭得更厉害了，再也不肯微笑，这时母亲便要开始准备到医院——除了医院还能去哪儿？两人一起进入产房，进入那个充塞手术镊子和脏围裙的房间。两人同时进去，但只有一个人可以出来。噢，可怜的母亲，你可以体会她们在这种长期活动中的感受，那是对宝贝婴儿的漫长告别。

也该是时候了。

现在，终于发生了，我发现自己的心态已变得义愤填膺。

托德为何老是这个样子，浪费我的生命？每过一夜，这个世界便会多显露一些深度和色彩，而"自我"也是一样。我们不再只是浅滩，而是一座丰饶的深海，拥有我们特有的摇曳水草，拥有我们特有的梭游鱼群。我知道，每个人都像这样，我们是如此容易——不，应该说非常"轻易"受到伤害。我们根本没有地方可以躲藏。

爱情并非是趁我不注意时来临的，这点我可是很有警觉性的。爱情的先驱，是一大捆绑得好好的情书，但它们不是来自艾琳，而是写给艾琳的情书。这是托德自己用他那个永恒不变的粗短手掌写出来的。当然，这些情书也是来自垃圾桶，来自一个十加仑容量的垃圾袋。托德捧起这捆用红丝带系绑的情书，走到客厅，坐下，放在膝头上。他同时还拿出了那个黑盒子。歇息一会儿后，他随意从这沓情书中抽出一封，然后把涣散、不受拘束的目光投到这封信上。尽管如此，我还是尽可能把这封信看了个明白：

亲爱的艾琳，

再次谢谢你的<u>坐垫</u>，**我真的**很喜欢它们。它们让房间明亮了起来，让它更"舒服温暖"……几乎全毁。炒蛋的时候锅子最好加点冷水，不要太烫……别担心你血管的问题，那只是表面的，没有色素沉淀，也没有浮肿。要记住我喜欢的是你原本的样子……我很渴望能在这个星期二见到你，不过星期五可能会更方便些……

茫然地，托德转身看向他那个黑盒子。他想找的那张相片已经完全变皱卷曲，不过他只用拳头一捏，瞬间便把它恢复了光滑平整……哇！我暗地惊叫。所以相片里的人就是她。相片中的她身穿套装，咧嘴微笑。不是春天的少女，而是个真正熟透了的老女人。到了傍晚，当托德准备出门工作时，他把这捆信件放在门前台阶上，用一个白色鞋盒装起。鞋盒上有某人（也许是艾琳）潦草写的几个大字——**去你妈的**！看起来并不是个好兆头。不过托德写的那封信，在我看来，同样也好不到哪儿去。

两个晚上后，他在凌晨醒来，沮丧地躺在床上。"货贱！"他咕哝说。托德最近经常这样，嘴里总爱咕哝着：货贱。货贱。本来我以为他是在咳嗽、打嗝打不出来，或莫名其妙多了一种不怎么有趣的怪异行为，但后来我才领悟出这家伙到底在说什么。他下了床，打开窗户，然后整件事情就开始了。随着一波波而来的轻风，房间开始渐渐温暖起来，也渐渐出现另一个人的味道。值得注意且最令人意外的是——香烟的味道！尽管托德偶尔会抽雪茄，他对香烟却是厌恶至极。房间还出现有点像浆糊又有点像糖果的味道，闻起来有些甜，又有些陈旧，而这正是她从城市那端送来的气味……不疾不徐地，托德脱下睡衣，披上纤维浴袍，然后以很不自在的态度把床单枕头弄乱。尽管如此，他还是替她准备了香烟，用一个浅碟子装了满满一盘烟屁股和大量烟灰。接着我们关上窗户，下楼，开始等待。

这是个好现象——我是这么想的——以这副模样走出门，

穿着拖鞋站在湿漉漉的人行道上，对托德来说可是个相当罗曼蒂克的经验。不过，我也承认，他现阶段的心情，如果硬要加以评论，看来倒像是沉陷在完全幻灭的感受中。没多久，我们就听见车声了，她那辆车迅速滑行接近，街道底端很快便出现那对红色尾灯。她停好车，很大声地把车门打开，头一伸便钻出车外。看着她一边**大步**走过马路，一边不知道因为难过还是激动而猛摇着头时，我还真有些吃惊。此人真的是个熟透的老女人。没错，她就是艾琳。

"托德？"她说，"就这样了，现在你开心了吧？"

不管开心不开心，托德抢先一步在她之前进了大门。她则用力脱下外套，趁托德跟跄上楼时，乒乒乓乓一路跟在他后面。坦白说，我非常失望，而且简直是受了伤，因为这就是我的第一次接触。叫我笨蛋也好，叫我空想家也罢——我总希望这第一次能够美丽梦幻些。但事情并非如此，我必须在这种恶劣透顶的日子把她带回来，而她那副样子也不是她自己所希望的。哎，难道我们就不能把问题好好解决吗？当艾琳上楼走进房间时，托德和我已回去躺在皱乱扭曲的床单上。她一边紧紧捏住一团卫生纸往眼睛边沾，一边不停地用脏话骂我们。

接下来，她却开始脱衣服了。唉，女人！

"艾琳，"托德努力劝说，"艾琳。艾琳。"

她衣服脱得很快，似乎在赶时间，但动作的速度和欲望完全无关。她的话也说得飞快，又是抹眼泪，又是拼命甩头动气。这个熟透的老女人，身穿大号的白色毛衣，大号的白色内裤。她的胸部在下巴之下夸张地隆起，形成既明显又很流线的三角形，且维持高高在上之姿，但最后证明这只是某种外观类似美国大兵背包的绳索和勾扣所制造出来的效果。当她把束腹如甲壳般褪下后，那团白色的大屁股便缓缓迎面朝我而来。接着艾琳说了些话，不知道因为喘气还是声音太小，她这些话说得不清不楚，半吞半吐。简言之，她的意思是：男人若不是太迟钝就是太敏感，没有人位于中间。男人若不是太笨拙就是太聪明，不是太善良就是太邪恶。

"我是开玩笑的。"托德说。此时她突然转身过来，低头看着我们。"你知道我没这意思。"

艾琳**似乎**缓和下来了。她以生硬的动作上了床，坐在我身边，而我的手立即伸向她那又软又白的肩膀。这种亲密关系令我震惊，这是从未从未有过的经验……她的身体感觉有些僵硬紧张（我也是一样），但肌肤的部分是柔软的。我触摸它，感觉它充满了弹性，并在我的触摸之下凹陷和弹起。

"好极了，"托德说，"那现在你可以马上滚出去了。"

这句话对她而言，我得说，真的具有极佳的放松效果。不过，当她开口说"我保证"这三个字时，声音听来还是有点恐惧。

"你保证？"

"绝不。"她说。

"你不会？"

"反正我绝对不会说的。"

"哎，这是什么话，"托德说，"而且有谁会相信你呢？你不知道的事情太多了。"

"有时我不免这么想：你会继续和我在一起的唯一理由，只是因为怕我把事情说出去。"

我们沉默了一会儿。当谈话再起，转到另一个话题时，艾琳把身子靠得更近了。

"生命。"托德说。

"你指谁？"艾琳说。

"老天！我才不在乎呢。反正全是一团狗屎。"

"为什么不能？我不能和他们相提并论吗？"

"你不要老是提到他们。"

"你对老婆和小孩也这么关心吗？"

"未来的事谁也说不准，不是吗？艾琳？"

"但要为朋友、家人，还有所爱的人着想。"

"你自己可以不要健康。"

"也很伤身体。"艾琳说。

"你非抽烟不可吗？这种习惯很令人讨厌。"

托德开始咳嗽，右手猛扇着空气。一会儿后，艾琳把烟熄了，将整支香烟收回烟盒里。她转过身，意味深长地看着我们。接下来大约十分钟，是一连串依偎拥抱、咕噜闷哼、叹气喘息之类的事，我想你大概会把它们归结为"前戏"。然后他翻过来，整个人压在她的身体上。当她将双腿张开时，我刹时差点被前所未有的强大感受和思绪给冲垮。这种活动实在是太耗费体力了。

"噢，宝贝，"她说，亲了我脸颊一下，"没关系的。"

"对不起，"托德说，"真的很抱歉。"

总之，他们就这样和好了，而且之后事情就变得容易多了。的确，当我们穿上衣服下楼去找食物时，气氛便已有明显的转变。我们坐在餐厅，肩并着肩，心平气和地松开一卷又一卷的意大利面。接下来，我们去看电影，手勾着手一起出门。我满怀兴奋，感觉自己正迈向一处陌生之境，身旁是这位允许我触碰的女人——她允许我做任何想做的事，或者说，做任何我所能办得到的事。我们的底线究竟在哪里？当我们漫步街头时，为何身边会有个警报器突然响起，发出宛如刮伤唱片所发出的狼嚎声？……我们电影看得也很顺利，尽管一开始我还有点担心，因为我们一进场还没走到座位上，艾琳便又哭了起来，让我不免猜想这部电影一定很令人沮丧。这部影片讲的全是爱情，电影中那对郎才女貌看似天造地设的情侣，历经了各式各样的误解和事件，最后才终于分开各走各的路。这时艾琳满意地发出一连串咯咯笑声，笑够了才低下头去。所有人都在笑，唯独托德例外，但老实说，我也不觉得这有什么好笑。我们约会的最后一站是戏院附近的酒吧。她点的是鸡尾酒，托德的则是啤酒。虽然托德是带着一肚子不愉快走回家的（那时他的情绪可以说恶劣到了极点），但我们在和艾琳分别之时却充满了诚挚和温暖。我知道未来我将会了解更多她的事，除此之外，我们还从这次约会中赚了二十八块，若加上爆米花便是三十一块。这点钱看似不多，但最近这些日子总得小心点。所有东西都变得越来越便宜，这使得托德不得不严肃起来，整天清点他的钞票。

　　至于我，我倒是一头全栽进去了，不知该何去何从。从她那张如橡胶鞋底的老脸穿透而出的，是她那双年轻的双眼所流露出的谅解。噢，她的眼睛是多么肿胀，多么迷离，多么饥渴啊……我本来以为，一个人需要很大的勇气或很多很多其他的东西，才能进入他者、进入其他人的世界。我以为所有人都活在堡垒里、活在要塞中，外头有护城河和插满尖刺以及碎玻璃的陡峭城墙屏障。但事实上，我们是住在相当脆弱的建筑里。我们会发现这些城堡都被偷工减料了，或者根本连城堡都称不上。你把头一低，就可以爬进垂盖他人的帐篷里，只要你获得允许的话。

这么说来，脱逃也是有可能的……从那复杂难解的个体逃脱而出。可是，艾琳的例子又不是这么一回事，她这段前往托德内心世界的旅程，可以说是困难重重。尽管她说了许多关于我和托德的事，但有多少事情是她真正了解的呢？当然，托德总是一样，总是以冷静对待。目前我还不知道未来他是否也会一头栽人。

得知我妻子和小孩的消息，知道托德和我有一天也将会拥有妻儿，是件很令人兴奋的事。然而，我也不免因为婴儿而担忧。不消说，我们都知道婴儿总会让人挂心悬念，他们是一种非常令人烦恼的小生物。

他们都上哪去了，这些失踪者，这些消失不见的小生物？我有强烈的预感，知道自己很快就会在托德的梦境中见到他们。

差不多每隔六到七天时间，当我们早上准备就寝，开始经历例行的恍惚蒙眬、神游冥想之时（此时我们总不由自主地用手指拼命抓乱自己的眉毛），托德和我都能感觉到那个梦境已等在那儿准备发生，它已从他处获得能量，再次重整好旗鼓而来。我们都很认命。当黎明渐渐过去，我们只能点亮灯光躺在床上，先是冷汗出现，映耀着微光；旋即汗珠迅速消散，紧跟着的是心跳开始变快，持续加速，直到我们的双耳灌饱新鲜的血液——此时我们已经不知道自己是谁了。我耐心等着，等待托德猛然扑向电灯开关，等待他在黑暗中张大嘴巴高声尖叫，之后我们才进入了梦境，见到那个身穿白袍和脚蹬黑皮靴的巨大身影。他的双腿左右跨开，间隔好几英里远，而在那之下，在两腿之间的某处，是排成长长一列的亡魂。此刻的我只希望自己能拥有力量，只要拥有可以把目光移开的力量就好。求求你，别让我看见那些婴儿……这种梦境是因何而来的？他根本还没做过这种事。看来，这些梦境肯定与托德未来要干的事情有关。

在这里，有个叫做**流行**的东西。流行是轻浮多变的，属于年轻人的玩意，但托德和我偶尔也不免涉入。例如，不久之前，我们才去过二手商店买了两条喇叭裤。我想马上当场试穿看看，他却把它们挂进楼上房间的衣橱里，一放便是好几个月，让裤子生出细纹和皱褶，最后终于贴伏他的体形、符合他腿部特殊的线条。好不容易在某天晚上，托德才随随便便地穿上其中一件，但直到他下班回来，站在一人高的镜子前解开领带上的温莎结[1]时，我才得以好好欣赏一下自己穿上新裤子的

---

1 温莎结，领带的一种双活结打法，源于英国的温莎公爵（Duke of Windsor）。

模样。呃……托德的喇叭裤看起来倒不怎么惊世骇俗，一点也没有我们很快就会在街上看到的、宛如两条长裙的那种效果，我发现它们还真的难看极了。所有涉及审美的东西都一样，对我来说都十分像暴力。站在镜子前面的是一位有钱的市民，一位老医生……以及他那双宽宽松松的粗腿。天啊！他的脚掌跑到哪儿去了？这时我才若有所悟：关于托德的残酷、关于他不为人知的秘密，必定与人体的重大缺陷有所关联。或许，我所发现的可能只是表面的形式与轮廓，仅是托德残酷行为的一些皮毛。托德的残酷可能更加肮脏、卑鄙、离经叛道和荒诞不经……无论如何，喇叭裤这种服饰还是流行起来了，现在所有人都这么穿。他们像游艇一样在城市的街道上走动，宛如一群陆上的水手。接下来，女人的下摆往上提升了约三英尺，展现出突如其来的坦率和女性臀部的力量。后来她们又把裙摆放长了，速度虽慢，但还是得谢天谢地。

也许人类的残酷是恒久不变的，会改变的只是形式而已。好几年前，那些出没在大卖场，或坐在"色拉霸"或"甜点王"安静角落里的恋童癖，还会用行动电话安排约会——安排那种忘年交式的约会。现在，你绝对看不到行动电话了，而卖场和餐厅也变成了另一种面貌，迫使恋童癖必须换个方式安排事情，改采其他形式。

有一场战争正在来临。不过到目前为止，只能算是一场小型战争。好几次，我们在酒吧里从百威、莫尔森或米勒啤酒瓶上抬起头时，都会从吊在高处的电视机中看见相同的画面：直升机（像旗鱼和魟鱼混交而生的杂种）越海飞来，冷冰冰地降落在航空母舰的甲板上，做好战斗的准备。

　　没有个人意志，也没有一个可以施行意志的身体——或许你会觉得这样反而轻松。确实，种种管理与执行方面的问题，你都不必插手，但总会有一股反向的欲望驱策着你，让你想突显自己，成为独一无二的人。别这么做，千万别让自己踽踽孤行。"少数"并不一定美，唯有"多数"才会让人为之疯狂。

　　我承认，我不懂的事情还相当多，不该表现出义愤填膺或道貌岸然的模样……但我不得不说，在关于人类**差异性**的这种基本问题上，我的认知可是领先托德一大步。托德在这方面的理解是非常机械式的，而这使他对不同人种会有不同的反应。他的感知能力被切分成一个个独立的态度与基调：一种对西班牙人、一种对亚洲人、一种对阿拉伯人、一种对美洲印第安人、一种对黑人、一种对犹太人。在他心中另外还有一份敌视名单，对象是皮条客、妓女、毒贩、精神病患者、畸形足、兔唇、男同性恋和年纪非常大的人。（顺带一提，上述的男同性恋是我自己加进去的，因为这可能关系重大。男同性恋本来没啥问题，甚至可说是好事一桩——**如果他知道自己是同性恋的话**。问题出在，如果他是同性恋，而自己又觉得不是的话，混乱就会因之发生，而且紧接而来的就是危险。如果托德对男人、女人和小孩的感觉全都发生混乱，危险当然会随之而来。别误会我的意思，我可没指着托德说他是男同性恋，这样说并不正确。我想说的是：只要他能认真假想一下自己是个同性恋，事情也许就不会这么混乱，不会这么危险。我的意思仅此

47

而已。)

刚才提到对人类的这些区分，我都是通过学习才得以领会的。至少，一开始我对任何人都没有抱持成见，没有等级差别的对待方式，唯独医生例外（这种成见究竟从何而来呢？）。当我和人们接触时，我会感受他们内心所放射出的波动。我可以从这种波动中得知许多事，知道他们有多恐惧、多怨恨、多平静和多宽容。我想，我还真是属于灵性层次的那种人。我没有看得见的身体，但你可以把我想象成这样：一个多愁善感、脸上挂着诚挚微笑的胎儿。

医院里有位日本研究生，他是从大阪来的交换学生，在此进行为期六个月的研究。当然，一开始他与大家相处得十分融洽，但慢慢便越来越冷淡疏远了。算他运气好，没有早几年来到这里，因为那时我们可是**恨死**日本人了。他的名字叫干夫，是个长相很滑稽的小伙子，带有极为显目的异族人特征：稀疏的头发、闪闪发亮且因装满严肃知识而鼓成凸状的眼睛。午餐的时候，干夫会一个人坐在医院的餐厅，埋首于书本里。我曾在远远的地方看着他，发现他看书的方法和我一样（或者说，如果我有机会自己看书的话，我的方法会和他一样）。他把书页由右往左翻，从开始的地方开始，在结束的地方结束。这让我产生了一种古怪的感觉：因为干夫和我绝对是属于少数，所以我们两人看书的方式怎么可能是正确的呢？如果我们是正确的，就会让其他大多数人都变成错的。水往上流，它努力往高处走，如此你还能指望什么？烟雾向下沉，万物肇始于熊熊烈焰……不过你别担心，地心引力仍牢牢把我们固定在这个星球上。

包括托德在内的许多同事，都曾取笑干夫阅读的方法和他的其他种种行为，但干夫可不受影响，仍用自己的方式看书。除了他，我还注意到，有些犹太人也是用这种方法阅读[1]。人们是自由的，或者说，他们大体上是自由的。可是，真的是这样吗？应该这么说吧，人们**看起来**并不怎么自由。他们蹒蹒跚跚，以脚尖先着地，带着压低或憋住的声音，跌跌撞撞沿着一条似乎事前画好、预先绘制完成的路线往后退。噢！那些女人脸上带着嫌恶的表情，倒退走进大门，脱离外头的大雨。人们的眼睛绝不看向他们要去的地方，只透过某个已规划好的路线移动，同时怀抱着满堆谎言。他们总是朝着前面看着自己刚刚才离开的地方，又常常因为一些还没做过的事而感到后悔。他们说"哈啰"，但意思是说"再见"。他们是谎言和垃圾之王——各式各样的垃圾与破烂。有块告示牌说"严禁乱倒垃圾"，但谁会这么做呢？我们连想都没想过。会这么做的只有公家单位，他们在夜间开着卡车出来；此外，还有那些穿制服的家伙，他们会哀怨地在清晨出现，推着推车，四处为我们分送垃圾，或者为狗儿们发放大便。

　　我不想老是提起这个话题而让人觉得厌烦，但我忍不住还是得说说我的健康状况——现在托德和我的感觉简直是棒透了。虽说物质生活还是一样令人感到羞耻——我们仍和其他人一样，每天早上必须从屁眼摄取一日之所需——但最近，这整

1　希伯来文拼写方式为横写，且由右至左。

件事可以说在一瞬间就完成了。为此，托德，我必须向你致敬。过去我多多少少已认了命，以为这辈子每天都得噙着泪水度过这半个小时，但现在，我们只要含泪二十分钟就可以离开这个地方了。

每天，站在镜子前面，我都很认真观察托德这个人——我注意到他对这些进展完全没有反应，仿佛他根本不知道去比较。我满心雀跃，只想手舞足蹈……的确，我们为何不能从比较的角度，因为感觉上的优质变化而开心呢？为何我们不能一见到他人就彼此拥抱，问问："现在感觉如何？"

如前所说，在许多错误的尝试、在浪费许多时间被困于黑暗的迷惑之海、在道歉解释和焦虑不安之后，托德和我总算与艾琳搭上了线。在这方面她可是无比老练，尽管感情大有突破，她却完全不动声色。托德也一样镇静，仿佛这是司空见惯之事。然而，我可是狂喜不已，骄傲得简直乐昏了头。但也和往常一样，我的反应当然是过了头。现在我已稍稍平静些了，此刻只剩几分得意的情绪而已。这就是爱情，这就是生命，先前的诡诈与机巧如今都失去了意义。生命是与爱情并肩齐行的，它就是发生得这么自然。

伴随爱情而来的，或者说，"可能"跟着爱情而来的（对于所谓的因果关系，我越来越没把握了），是事业上的得意。我在医院里的角色提升了。我说"角色"，是因为替人看病这档事会让你落入某种艺术性质的表演，无论手势、说话音调或者一举一动，都必须合乎这个身份位置。只不过，不管你怎么做都没关系，因为社会总是能迁就它。我已搬出后面那间可爱的小房间，让位给另一位老先生，现在的我比较常出现在各个诊疗室了。我也不再只看老人的病，我的病人已扩展到妇女和小孩，甚至包括婴儿（我们似乎无法丢下婴儿不管）。事实上，托德待在医院和这些人相处时的情绪是高昂的，远胜过待在家里的时间（在家里他只能穿着拖鞋浴衣，长时期忍受来回曳足漫步）。那些婴儿被放在推车或被抱在大人怀中进来，他们看起来蛮健康的，而你在做过仔细检查后，总会说一些诸如"这小家伙看来没问题了"之类的话。然而，你总是错得离谱，每次都一样。要不了一两天，这些婴儿便会再回来，不是红着耳朵，就是喉咙发炎并发出呼哧呼哧的喘息声，证明你完全没替他们做任何事。我觉得，这个行业最大的挑战，就是在当尊严饱受打击之后，你仍得这么继续坚持下去。

此外，医院中还有一种场合，必须聚集人造玻璃、金属或人体肌肉，再加上鲜血，来召开一场奇怪的会议。我得说，目前这种场合已多到难以胜数的地步，不过感觉上并没有那么可怕。正如我的同僚一直挂在嘴边的，我们只不过是生物医学界的修补缝纫工罢了。那些从城中大医院送来的病情严重的患者，我们会用最快的速度来处理，尽可能在最短时间内打发掉他们。所以你可以说，这根本是把他们弄成残废或重伤。的确，我们的医院位于六号公路上，从这儿出去的病患人数可以说相当多。难怪有些人在进来之前会先向官方投诉，要不就以一张传票拉开就诊的序幕。至于那些希望我们去家中出诊的电话，我们一接听起来便立刻加以拒绝，不等他们开口，也不等听见那些母亲的惊慌语气和婴儿的哭闹声。我们会说：**这是医院的规定**。如果你想看病，就得到我们这里来。我们价钱公道，而且走一趟也花不了什么时间。

正如我所担心的，婴儿果然开始出现在托德的梦境中。他们露了脸，或者至少可以说，这些婴儿之中有一个露了脸。所幸，目前为止还没发生阴森恐怖的情景，因此我还可以承受得住。

说到婴儿，你一定很自然把他们与"无抵抗力"联想到一起，但在托德梦境中的情况可不是如此。他梦里的婴儿是拥有力量的，握有不可思议的权力，掌控了他的父母、他的哥哥姐姐、他的祖父母，甚至房里所有人的生杀大权。梦里的这个房间并不大（如果能称之为房间的话），只比托德的厨房一隅大不了多少，但挤在房里的人却有大概三十几个。这个房间很暗，严格来说，应该算漆黑一片。而在房里的这个婴儿，尽管他掌握了权力，却也一样会号啕大哭。也许他痛哭的理由是因为这种不祥的反转——因为权力所带来的崭新却又无比绝望的责任感。婴儿的父母轻声细语安抚他，试图让他镇静：他们甚至似乎想要闷死这个婴儿。一时之间，房里弥漫着这种强烈的诱惑，因为婴儿的绝对优势，必定与他的声音有关。权力不是来自他胖胖的拳头，不是来自他不会行走的双腿，而是来自于他的声音、他制造出的声响以及哭泣的能力。依照常理，父母的权力是大过婴儿的，他们对婴儿握有生杀大权，天下所有父母皆是如此。然而，在此时这个特殊环境下，在这间非常特别的房间里，婴儿的权力却远远凌驾于他们，凌驾于所有聚集在这里的人之上——大约三十个成人。

这种梦对托德来说并不好受，但对我倒没什么影响。每当梦境开始，**我**总处于清醒的状态。而且，我是无辜的……那些讨厌的欺骗和控诉完全与我无关，我知道他只是在做梦。坦白说，我只能退到一旁，带着一点点忧虑，开始观赏这场夜间上演的节目，这场由托德的大脑、他的秘密意识，甚至是他的未来所提供的演出。或许我会认真看待，不过这得等到托德梦境所预告的事件真实出现在未来之时（例如等我发现这个婴儿为什么会握有如此大的权力）。但是，尽管这些梦境尚未成真，托德自己就先哭得像个婴儿似的。最近这些日子，如果艾琳刚好在旁边的话，她会先好言安抚托德一番，才让他进入这种梦境。

你瞧，在电视上，有个气急败坏、身穿肮脏白衬衫的男子，抱着婴儿爬上屋顶，待在高处的窗台上。离他不远处有一名警察紧张地蹲在那里，其他人则群集在下面翘首围观这起僵持事件，等着看接下来的好戏。透过扩音器，那名警察说他希望能把婴儿带走，但实际上他是想卸下这个肮脏白衣男子的武装。这个待在高处鬼吼鬼叫的男人身上并没有武器，或者说，他身上唯一的武器就是这个婴儿。

然而，在梦中那个漆黑阴暗的房间里，尽管一样有探索的人和僵住不动的人，我却知道事情和电视上的可不一样。我知道得很清楚，在这里，婴儿可不只是武器而已。在这里，婴儿简直就是一枚炸弹。

托德已把我们和艾琳的关系建立在了稳固的基础上，而构成这基础的元素是任何正常男人都会为之疯狂的：定期的造访，浓情蜜意的来电，相偕共赏的电影，精致美味的晚餐，相处时刻的和乐与安稳（或说谅解），外加上约每两个月便会准时发生、细火慢炖的性爱……到了现在这种阶段，我觉得我们应该可以和她谈谈，语气可以轻柔，但立场一定要坚定，谈谈关于她把屋子弄得乱七八糟的这件事。理由很简单，两个人的事情应当摊开来说清楚，而不是让它们藏在心里化脓溃烂。但你猜怎么了？托德居然开始鬼混了。没错，对象就是盖纳。

星期天下午，我们恍恍惚惚开车到罗克斯伯里镇，停好车，漫步走过几条街。而她就在那儿，穿着一袭蓝色浴袍站在她家门口，双手抱胸，脸上带着玩笑似的责备表情。"你这个老混蛋！"她虽然这么喊道，但我们还是主动和她说话。本来我还不知道会发生什么事，可是等我们进门之后一切就昭然若揭了。托德，我很想告诉他，千万别这么做。这是良心之声，但声音竟是如此微弱，以致根本没人听见。事情总会有前因后果，可是这件事却恰恰相反。在一开始的骚乱平静之后，现在我们平均每隔一周，就会固定到盖纳那里去了。

这就叫做偷情，或说脚踏两条船，而就感觉来说也的确如此。此事虽有损德性，可是从另一个角度看，在体能上倒蛮具有挑战性的，毕竟我们这位新对象待在这个世界上的时间比艾琳长多了，这位迷人的小可人儿才五十四岁而已。然而，我还是无法停止沮丧，坦白说甚至还有些愤慨。就在上星期，他居然又和"另一个"对象艾尔莎约会。幸好，我们只是一起吃了个午餐而已，因为和她会面的时候可不好受，她用了许多难听的字眼辱骂我们。我认为这根本是一场灾难，又觉得托德仍是有希望的。不知道能不能这么说，我感觉我们又要一头栽进去了。这种事情的底线究竟在哪里？

就这样，在托德的眼中，这世界已和女人划上了等号。即使在城市的边缘地区，在下着雨、到处湿漉漉的阴暗幽冥的夜晚，他眼中还是只有女人。四处都是女人的形体，放送各种讯息进入他的内分泌腺体。我不免怀疑，也许托德对女人的兴趣是出于专业上的需求，和他在医院里执行的业务有关：他检查过太多令人心神不宁或心烦意乱的女性身体。话说回来，他对女人产生的这种新兴趣似乎也太广、太没秩序了，完全和专业扯不上边。当我们放松心情，拿着咖啡杯坐进扶手椅时，他会突然站起看向窗外，而总会看见有个人影走过马路（他为什么知道呢？），走过篱笆，越过草地。他会踮起脚尖，引颈凝视，徒然把气力白费在这样的举动上。

为什么这么做？因为这里走来的人是个女人。

附近这些残落破败建筑物的外貌迅速产生转变了，工业正往这座城市进驻。油价便宜了，诸多现象皆同时发生剧变，速度远远快过旧日。神经病患者已从街道上消失，别问他们消失到什么地方去了。不要多问，凡事少开口会对你比较好。这里再也没有游民，没有夜游者……取而代之到处散播的，是强大的利他主义。人们现在都有工作了，大家都走进了钢铁和汽车工厂。他们清洗空气，就像清掉所有垃圾和废弃物那样，他们把天空和地面都弄得干干净净。他们拆掉汽车，把各种工具、零件和武器变成炭和铁。他们真的已控制了环境污染的情况，以万众一心的态度，直截了当地面对这个问题。空谈的时代已经结束了。这里没有空谈，只有行动。想对付膏肓病态，就必须采用最强硬的治疗方法。这里已没什么空间可拨给思考和感觉了，看来，极度的疲劳有助于让人们安稳镇定。工作使人解放：每到星期五晚上，当人们准备开始上工时，你看他们揉肩捶背、又笑又叫是多么开心呀！

托德喜欢群众。在群众中，你可以成为一位领导者而不会引起任何人注意。就像他那两条喇叭裤，宽大的裤管曾让他炫耀了好一阵子，但现在每个人都这么穿了。此外，每逢周末，他还会穿上花衬衫、戴着油腔滑调的围巾，外加土耳其长袍和印度**腰布**[1]——全是白色的，类似他在动手术时穿的工作服，但给人的联想完全不同。我同意，以他这把年纪，这身打扮是有点恶心。但老人想这么做，并没有年轻人跳出来说不行。流行是属于群众的。托德跟所有人一样，在手臂上套上了红臂章。尽管群众会让我产生偏执狂和幽闭恐惧症的倾向，托德却乐此不疲，积极与群众为伍。带着欣喜若狂和安心宽慰的心情，他隐身在热情的群众之中，放下了平常看似无法承受的重担：他的自我认同，他的本来面目，全遗忘在群众运动的混乱中。尽管我的存在绝非是渺小的，但道理一样，唯有交出灵魂

---

1 腰布：指印度许多男人的缠腰布。

才能得到力量。

天空乌云密布，云层像一条长了苔的舌头，有道光束宛如医生的铅笔电筒打在云层上。在阴沉沉天气下，我们以无比的活力反对越战，仿佛参加一场黑暗的嘉年华会。我们昂首阔步，随着群众的压力往同一个方向移动，感觉既迷失又踏实，在迷失中向正确踏出坚定的步伐。我们的队伍约有半英里长，成员有年轻人和老人，白人和黑人，女孩与男孩，仿佛要去寻找一个怪物加以杀害，或是创造一个怪物。我们的标语和布条上大都书写关于和平以及战争之类的事，但也有比较特别的，例如**结束事实上的种族隔离**以及**安特雷女士下台**。托德看着**安特雷女士下台**的标语，倒不怎么希望她下台。他可能在盘算如何找到这个安特雷女士，然后好好爱她一场。他当然不在乎什么越战的事，而且凭良心讲，他来这里也不是为了找女人。恰恰相反，他来这里是为了抛弃她们，把她们甩掉，远远离开她们，然后躲进既热情又安全的人群中。

还有一个战争也正准备来临。没错，我们都知道那是什么。一场大战，一次世界级的战争，席卷四方铺天盖地而来。一想到那避免不了的事前准备，我便觉得相当疲惫。我们必须事先拆解和破坏、必须先制造伤口以待那一瞬之间的愈合……现在距离这场战争大概仅有二十五年时间，因此和它相关的事物才会这么多，不管你往哪个方向看皆是：即使在**托德**视线所及之处也一样。我本来以为这样的讯息会从此开始在我心中不断累积，但谢天谢地，讯息见多了，对我造成的影响力也就慢慢微弱衰退了。

可是，对托德来说，此类与战争有关的消息总是让他特别敏感。战争的一切深深影响他，宛如一股气味，宛如一阵钟声……此外，还有另一种情况也具有同样的效果，即是当他听见其他语言的时候。现在这种情况并非偶尔才发生一次，尤其是在罗克斯伯里，每当他在星期天跑去那里蹓跶的时候：这种语言是属于机器的，如果附近都没有人类出现的话，这些机器可能会使用这种语言交谈。还有第三种情况，出现的时机是在剪指甲时：当灰黄色指甲在火焰燃烧发出毕剥爆裂声响之时，它所散发的那股气味也总能触发托德的神经开关……

我知道这些战争发生的年代。此时我们离年轻的日子尚远，不足以参加眼前的这场战争，但是，等那场世界大战来临时——我们的年纪会刚好可以参战。毕竟，我们属于体格极佳的人种。我们视力良好，双脚既不扁平也没有畸形，我们也不是智障傻蛋。此外，我们也没有任何因为宗教信仰之类的理由可以拒绝参战。总而言之，我们是完完全全的正常人。

当今典型的风流韵事，在开始的时候总会发生一些像这样的事。简单地说，大凡恋情的开始实际上都是始于一个**恐怖**的时刻。

绝大部分的标准案例为：先是在深夜开车到某个小餐馆，侍者在送上现金、小费或诸如此类的谢礼给我们后，我们便默默坐在那儿往白兰地杯中倾吐，或若有所思地品尝一支雪茄烟。后来，我们注意到餐厅里的人都在看着我们，而我们可不喜欢被人们用这种眼神观看……不过这时我们的目光会转个方向，牢牢盯着一位匆匆钻进大门、气呼呼走过餐厅向我们接近的女人。这个女人或金发，或黑发；或苗条，或丰满；或优雅或不怎么优雅。当她来到我们面前时，会猛然转身。这是个相当震撼的时刻，当她们带着旺盛的战斗力转过身时，我们这才得以首度见到她们的相貌。就我个人而言，到目前为止，当她们（无论相貌美丑）转身之时，总让我免不了有些提心吊胆。因为在我们和这些女人的关系中，有件事非常奇怪：你在第一次约会就会得到一切。好吧，我承认有时偶尔会在第二次约会才能得到，但多半都是在第一次见面时就会发生。她们会在瞬间入侵，彻底进攻并对你进行支配，整个过程至多一个或两个小时。噢，天可怜见。你可以在街角走近一个女人，对她鬼吼鬼叫，但十分钟后，她就会退到你的住处干一些上帝才知道的事。更常见的情况是，第一次接触就是身体上的，这种接触往往是一个巴掌或猛然一推：玉手一挥，扫过托德的虚弱眼神——眼神里有什么？淫欲？轻蔑？这些事全都会发生，就在我刚刚说过的那个恐怖时刻。它旺盛活泼，它绝对合法，它看起来是一种完全必要的状态。

就这样，这些女人会在桌边坐下，或面红耳赤，或情绪激动，或态度傲慢，或跋扈蛮横……无论哪一种都令人相当厌烦。再接下来，我便会听见像这样的胡说八道。

"别走……求求你。"

"再见了，托德。"

"不要走。"

"没用的。"

"求求你。"

"我们两个不会有未来的。"

坦白说，这点我完全同意，但我只能无声地喊着"没错。没错"。托德继续说：

"艾尔莎，"他这么说，不过也可换成罗斯玛丽、朱厄妮塔或贝蒂—珍。"你对我来说真的非常特别。"

"爱你个鬼。"

"我真的是爱你的。"

"你根本就在说谎。"

当然，我很早之前就已发现，如果你试着用倒带的方式播放大部分谈话，会比较容易掌握其内容。但是，一遇到像这种男人与女人间的对白，你爱顺着听或倒着听都无所谓——反正不管怎么样都不会有结果的。

"别这样，问题一定可以解决的。"

"我要跟你说再见了，托德。"

"贝思！"他会呼喊对方的名字。这里也可换成特鲁迪，或其他任何名字。

"我不会再听你那套了。"

"再给我一次机会。"

就这样，他们掉进这种既定的模式中，持续的时间从甜点开始到浓汤上桌为止。别被上面的对话误导，托德其实也是有优点的。众所公认，他"非常温柔亲切"（我自认知道这句话的意思，但她们要如何知道呢），而她们也不会介意他那些很明显的缺点，例如身为医生并拥有二三十个女朋友。这些都不是问题，托德的问题很明显出在：他不愿跟别人分享感觉，不让人了解他，也从不肯敞开心门，永远藏有一些无法告人的秘密。在我看来，无论特鲁迪、朱厄妮塔或其他女人，她们想说的是托德会让她们产生害怕的感觉。但无论是不是如此，也不管她们所说的或想说的意思是不是这样，一切都改变不了托德的这副德性。

他不让她们在家中过夜，只喜欢在黄昏时刻做爱——这又是一个很值得讨论的缺点。唯一在这里住过的只有艾琳……但现在在她膝盖上张嘴打呵欠的，却是贝思的手提包。她的悲哀在于得把一切做个了结。至于我，我的悲哀则在于老是要重头开始。这时候的我们是处于极端不同的位置，我很清楚（我已有不少经验了），每当我发现自己已真心爱上她们，开始喜欢这些女人可爱的样子时，她们便会开始退缩，以无法挽回之势渐渐与我疏远。原本的狂热激情，消退成轻轻一吻、短暂捏一下手心、桌底下的双腿碰触，或是浅浅一个微笑。再下去，她们就会用花束和巧克力来搪塞我们。没错，这种状况我经历得可多了。很快地，就在某一天，她们便连正眼都不瞧你一下了，而且要不了多久，你就会得知她们换了工作或搬到别的城市的消息。突然之间，她们有了要进大学的小孩，否则便是必须搬去与又老又病的丈夫同居了。

这场晚餐在开胃鸡尾酒中圆满结束，我们坐在那儿，手里拿着菜单帮助回忆，很有耐心地向服务生描述我们刚才完成的各种食物。我们坐上车，沉默地回到他的住处去，准备在这黄昏时刻进行一场爱的活动。我刚说过，这一切是以那个"恐怖时刻"为前提而发生的，但无论如何，接下来并非就没有了可悲的成分。构成这夜色的是两个熟透的个体、他们的眼镜、他们的头发、他们又厚又旧的鞋子，以及她那极度渴望却又无法满足的感受。总之，它终于来临了，有如一阵钟鸣——来临的是女性那种赤裸裸的凝视。此刻她的身体可能也一丝不挂，但赤裸的程度远不及她那双眼睛，因为它们甚至没有皮肤可以覆盖。这强烈聚焦的时刻宛如一阵钟鸣，而她们此时的表情也总是相同，充满同情，充满不怎么舒服的惊异，仿佛她们已看透一切，甚至看见他梦里那个身穿白袍和脚蹬黑皮靴的人物，看见他身后那满是灵魂的夜空。然而，无论她们看到什么，受震撼的强度一定不如托德个人的感受，甚至说不定还有点病态地成为性爱的刺激物。不出片刻，她们便会用喘息声证实他那不可思议的侵犯，但也很快就从这种状态中恢复过来。此后，就只剩一个每次都会重复的话题，或者说是一种**咨询**式的谈话，内容全是**"我觉得我完全不了解你"**或**"这到底是怎么回事"**或**"把真正的你展现出来吧"**。真正的托德。不必多说，我自然也很好奇。真正的托德。请你展现出来吧。但是，我真的想要知道吗？

还是艾琳形容得最好（而且也最常这么说），她告诉托德，说他是个没有灵魂的人。一开始我把这句话当成人身攻击，而且着实难过了好一阵子。不过，她仍然和我们在一起。如果托德真的这么坏，她还会和我们在一起吗？她又不是我们的母亲，当然不必这么做……不消说，托德冷落了艾琳，只顾着发展和其他女人的关系，忙着从事进攻、征服和秘密的吞并。但她还是知道他是什么样的人，她的观察力是很敏锐的。

例如，艾琳看出我从来不曾注意到的事，指出托德没办法一边讲话一边微笑。话说回来，也许他从来没想过要这么做……他处理得很好，周游在这些女人、这些不同的身体、不同的气味和结局之间。但与此同时，我可是受够了，我发现自己是个非常容易迷惑和感伤的人。如果我能自由行动的话，尽管现在或未来都无此可能（在这方面我是完全无能的，我兴不起风也作不了浪），我一定会对艾琳忠实。至少，在我的妻子出现之前，我绝对会保持这种态度，毕竟这是原则上的问题。一个男人，配一个女人，我认为凡是拥有人类身体的人都有责任这么做。但我就像个空有满腔热情的鬼魂，只能看着躺在我们臂弯里的艾琳，像个哑巴似的无声流下渴望的眼泪。"托德也许爱出轨，"我想轻轻告诉她，"但我对你是真心的。我绝对忠诚，绝对是一心一意的。"

在梦里，老是出现这个房间。这房间有点儿像园丁小屋，像贮放盆栽工具的棚子，但里面的器具却全然不是这么回事，气氛更是错得离谱。房间里挤满了人，显然有某种恐怖的事情注定会发生。

托德心中潜藏的意识，坚持以梦的形式持续让托德感觉痛苦。梦境不断重演，反复向我们诉说它的悲惨和恐惧。在这个存放恐惧的银行里，托德是最大的存款客户。有时，在午夜时分，托德·弗兰德利会起来创造一些东西，而且他能修理或补缀的东西还真广泛。他懂得木工和织造，只要往地板一击，以单纯一个冲击力，就能制造出一张餐椅；他会用疼痛的那只脚，充满技巧地猛然一踢，就能扳平冰箱侧壁上一个极深的凹陷；他用脑袋一撞，便可以弥合浴室镜子上的裂缝，同时又医好他光秃秃额头上那道渐渐恶化的伤痕，之后便伫立在那里，以泪光闪烁的眼睛凝视镜中的自己。

　　我曾说过有三种东西具有触发效果，能刺激托德使他身体产生反应，宛如牢牢挂在他体内的紧急刹车铜索。除了先前提过的，我又想到了第四种具有同样效果的东西，这种东西和焦黄的指甲一样，是从火焰中诞生的。火焰……它以令人厌恶的浓烟和杂碎为原料，不断进行痛苦的治疗和华丽的创造。火焰本身会不会也是个触发物？

　　无论如何，每年都会有类似的信件自火焰中诞生。每到这种时候，托德总坐在那儿，盯着壁炉，凝视着烈焰摇曳摆动的火舌，喉头则发出相当复杂的喘息吸气声。没错，我无法看见托德的内心世界，但我却是藏身在他体内的房客，我能感觉到他在这个时刻的感受。他此时的感受是：一种折磨，一种由深层恐惧所引发的腐败作用，此外还掺杂了一丝安心，一丝不怎么光彩的宽慰。在这些感受流转中，那封信件在火焰中出现了，在炽热中由黑转白，接着自己蹦出来，跳进我们往前伸出的手掌里。

　　这封信上说的还是一样的事。没错，你可能会大失所望，觉得托德不该为这种一成不变、缺乏幽默内容、犹如不求双向沟通的垃圾邮件般的无趣信件而心荡神摇。总之，这封信是这么说的：

亲爱的托德：愿你一切平安顺心。此地气候依旧和煦宜人，切勿挂念！

这封信最后是一个潦草到难以辨识的签名，但底下那行铅字倒清楚标明了寄信者的姓名与职称：尼古拉斯·克雷迪特牧师。根据信头所提供的信息，信中所说的"此地"（气候永远和煦宜人的那个地方）是指纽约，更精确的说法是：纽约百老汇大道上的帝国饭店。

整件事情就像这样。在我看来，这些信件只不过是一年一度的无聊举动，但托德可不这么想。他仿佛以为纽约就在隔壁，仿佛把和煦宜人的气候视为暴雨狂风和霹雳雷霆。他总会在火堆前坐上好一阵子，伴着苏格兰酒瓶，伴着灵活的化学作用。到了早上，我们就会把这封信和其他垃圾一起放在门前的鞋垫上，然后它就会自己走开，如同托德的恐惧一样。

万一，哪天纽约的天气变得非常糟的话，他会如何处置呢？

我们绝大部分的风流韵事，最后都结束于医院的诊疗室。我觉得，这是很有象征意义的。在完全专业的气氛之下，我们和这个或那个女友共处一室，背景是身高体重图、食物营养表、扫描和抹片注意事项，以及诸如"你患有子宫内膜异位吗？别紧张！"之类的标语告示。我们之间在身体上几乎不会有任何接触，顶多只是摸摸额头或量量脉搏。喔，对了，托德还会用话语显示出一点点冒犯的行为："有什么地方不舒服

65

吗？"我们的女友们似乎很喜欢这样的猜谜游戏，至少在一开始是这样的；他们根本是串通好一起打情骂俏。因此我认为，他们最后会分手问题一定出在托德身上。"你结婚多久了？""你丈夫还精力旺盛吗？""你是否过着……是否过着**完整**的生活？"我们的这些女友从未过着完整的生活，她们都相当痛苦地诉说自己过着空虚的日子。总之，这种问题就像个铅球一样不断滚动下去。

或许，事情没那么复杂，他们之所以分手是因为托德天生的样子被她们看见了。她们看见他是个医生，是医疗保险服务的把关人，也看见他身上的白袍和黑色的手提袋。就这样，我们的女友永远从这里离开了。她们脸上带着陌生的表情，退到门边，驻足关上房门，然后再轻轻敲两下。轻敲几下……就这么钉上了我们爱情的棺材盖。

尽管如此，还是会有源源不断的女人从四面八方而来。你到处都能发现她们的身影：在餐厅、停车场、酒吧，或雨夜里某个地方的门口；她们有时身披围巾、裹在厚重衣物中抵御强风酷寒，有时则全身赤裸，出现在某个奇怪的公寓里。

所以，对别人的身体攻城略地，大概便是托德行动的主要目的。身体当然是美好的，不是吗？我不是应该这么想吗？没错，我承认它们**现在**是美好的，它们可以包容一切。可是当它们老了，那就很难讲了。就拿艾琳来说吧，她那皎白庞大的身躯把一切都给包容了，而她自己的说法也是这样。

"你不会想知道的。"托德在黑暗中低语，那时他还没开始做梦。

"不管是什么，我都能体谅。"

"你不会想知道。"托德喃喃说。

她不想知道，我也不想知道。没有人会想要知道的……

扣掉他人的身体不算，我们还拥有自己的身体，拥有我们独有的肉体精密结构。而现在，我们对这副躯体可是满意极了，我们的步伐已轻盈如飞，更美妙的是蹲马桶时也干净利落绝不拖泥带水了。多完美的身体机能啊……这也难怪，我想，正因为我们这张酷酷的方脸，我们这双既匀称又强壮的手臂，那些女人才会如此快速地从四面八方向我们接近。别说我在吹嘘，如果你也喜欢这种类型的话，你会觉得**现在**的托德简直英俊得不得了……我相信，这副躯体绝对是托德所引以为傲的，也正因如此，他不免产生了恐惧感，害怕这个身体受到伤害，被人断手断脚或彻底毁损之类的。话说回来，有谁会对他人干出这样的事呢？医生是会这么做没错，但托德既不去看病，也不接近其他医生。"别听医生的鬼话，"他对艾琳说，笑容紧接在说话之后，两者差一点就同时发生了。"他们总心怀怨恨，只想拿刀往你身上刮，千万别让他们的刀子割到你身上。"站在洗手间镜子前的托德是如此时髦和神采奕奕，但他的自傲中却藏有恐惧畏缩的成分。别掩饰了，我想对他说，表现出来吧，卑躬屈膝把双手放在你最重要的器官上，遮住你下面的那颗心吧。

旋即，我坐进了一间宽敞的餐厅里，置身在这间唾液直流的餐馆、这梦幻的呕吐室。那个女人已经来了，一样带着泪水，而食物则在我们的盘碟中慢慢变热。等等！这次来的是一

67

个素食主义者。她说她爱护动物，而且绝对不会拿钱来满足口腹之欲。很快地……天啊，整个过程简直像一场肉欲的行动。一开始是悲伤和混乱，然后渐渐超越，没隔多久，两个人又穿回了衣服，在交换了几个字眼和手势后，他们便分手各自走上了不同的路。

托德还会做另一种梦，在梦中变成了女人。我既是旁观者也是参与者，所以在这场梦里我也跟着变成了女人。梦中有个男人离我们很近，但他的脸是别开的，石板似的脊背斜对着我们。当然，他可以伤害我们，但如果他愿意的话，也可以保护我们。我们需要他的保护，因此别无选择，只能提心吊胆地跟着他。在梦中我们并没有头发，对一个女人来说，这点倒是蛮不寻常。所幸，在梦里我们没见到半个婴儿，不管是不是握有权力的那种。我们没见到任何"炸弹婴孩"——我说的是那些具有炸弹般强大威力的婴孩。这个梦境是完全没有小孩子的。

时光继续前行，朝向某个目标而去。过去种种宛如从疾驰汽车玻璃上掠过的倒影，不断被时间抛出，任谁也无法阻止。

同卵双胞胎，侏儒，鬼魂，罗马皇帝卡利古拉、凯瑟琳大帝和吸血鬼伯爵的感情生活，北欧的冰云，消失的亚特兰蒂斯岛，以及灭绝多时的渡渡鸟……

等等！这是怎么回事？除了八卦小报，托德竟然看起旅游手册来了，而且上头介绍的还是地处偏远的加拿大。还是一样，他是从垃圾堆中找到这些手册的，而这时候的加拿大正是一些原本该去越南的年轻人逗留闲荡之地。也许托德心中想的是加拿大，也许他想的是越南，但我个人倒认为越南应该很适合他。那些语无伦次的嬉皮和头脑不清楚的胖子去了那里，经过战火洗礼，在越南那个他们称为**粪便**的地方待上一段时间，回来时每个人都变得干干净净、心思敏捷并且仪表堂堂。

在最近出现的一封信中，尼古拉斯·克雷迪特展露出他隐藏讯息和细节的天分。纽约那里的天气"虽然最近不太稳定"，克雷迪特牧师这么写道，"但又再度和煦宜人了！"我认为他说错了，那里的天气一定还在变化中。我有种感觉，纽约那里肯定是被笼罩在狂风暴雨里。

当托德开始变卖所有家具的时候，我便知道有事情发生了。在这整个过程中，我只能默默在一旁观看，像个受尽委屈的妻子。先是所有大小家具全被推车载走，接着被搬走的是各种方便省力的家电用品，最后，他竟然连地毯和窗帘都卖掉了。托德为何要用这方式来惩罚我？他似乎从中得到快感了，整天想着新方法来糟蹋这栋房子。一到周末他便换上工作服，像只饥饿猿猴似的逛来逛去，寻找一些能撒泼破坏的东西。

关于电力方面，他也展开一场毁灭性的攻击行动。他带我钻进地板下方，手里拿着电线和电缆，屈身在托梁桁木底下，让我在那里度过好几次恐怖的半个小时。这地底世界的柏拉图式黑暗，成为我们夜游的一种形态，烛光，火把的光束……我不由得开始想象我们过去的生活是活在一座无边无际的光明殿堂。除了电力部分，他也对水管管线上下其手。水管工程可真是一项恐怖的工作，所有东西都纠缠扭曲在一块，你得肘膝并用，把脸贴紧在这些铅质肠脏上才行。无论如何，最后他还是成功了——现在我们可没水用了，只剩花园的那个水龙头。这阵子连去一趟厕所都成为极艰辛困难的旅行：厕所变成了间歇泉，托德得带着一脸生动的表情拎着裤带进去那里。我们就这样叮叮咚咚拆除破坏，直到一切都变得光光秃秃，托德才回到一楼的地板上坐下，身旁摆着蜡烛、瓦斯罐和装在纸盒里的便当。一切都是托德造成的，我的意思是，当我从他的眼睛看出去时，我从未料到外头会变成这副模样……外面是一个喷洒过脱叶剂的院子，灌木丛片叶不生，草地也死气沉沉，泥土上则留有烧焦的痕迹。

让我感到沮丧的，并不是日渐拮据的生活，也不是托德近来特有的倔强固执、郁闷阴沉的情绪。我不会因为他的生活方式改变而沮丧，毕竟我无法摆脱这个老混蛋，因此非得接受这些改变不可。真正让我觉得沮丧的是那挥之不去的孤独感，它日益在我心底茁壮，让人越来越无法承受。我能明显感觉，那些商家老板和酒吧主人脸上的表情变得不一样了，邻居看我的眼神也笼罩在冷漠和遗忘中，甚至连我工作地方的那些人也变得如此。至于那些女生……喔，更正，应该说女士才对。一个接连一个，她们都离我而去了，只剩艾琳一人还留着。虽然她对这种情况可以说再熟悉也不过，但现在她的情绪越来越严肃和紧张了，而且我发现自己将会有好长一段时间无法见到她。天啊！就连隔壁那条狗也弃我而去，开始讨厌我这个人了。以前它会钻过篱笆叼来骨头送给我，一见到我便狂蹦乱跳兴奋透顶，但现在，我得到的却是神经绷紧的咆哮和充满恶意的凝视。贱狗！……这正如某首歌中所唱的——此为不争的事实。当你走下坡，当你的社会地位逐渐往下滑时，很快便没有人认识你，不会再有人知道你了。

悲惨的那一天终于来了，我们搬进罗克斯伯里的一间"套房"。我没办法描述这个房间的模样，因为心中的伤痛已让我无法看清任何东西了。不管环境有何改变，我还是希望托德开心就好……但实际的情况是，他再也开心不起来了。这些日子他把大部分时间都花在醉酒上，唯一可以让他振作的事情，是回到我们那栋旧房子里去和不动产经纪人谈事情。他们两人从这个房间走到那个房间，不时驻足点头，赞叹托德的鬼斧神工之作。这栋旧房子确实被托德改变了非常多，但我一点也不羡慕将来的新房客。不管这些人是嬉皮、吉卜赛人、非法移民或哪一种人——他们已经开始在这里扎营了。对不起，老兄，还知道厕所的那条小规则，知道要保持厕所干净如新吧？不管用何种方式，我们都算已尽了本分。不容否认，这整个地方已脏乱得像个厕所一样了。

另一方面，我们在医院也开始遭遇一连串痛苦的降级。某个星期五下午，我脱下高级衬衫，套上一条脏得像屠夫穿的围裙。关于我们的新职务，你可以这么形容：它让我们远离了医疗上的切割和戳刺，转而与仓库、焚化炉、小货车和城市的垃圾场为伍。你瞧，城市垃圾场中的这个特殊设备，正是万物诞生之地。在堆满大型垃圾袋的锅炉间里，我卷起袖子，在一堆血淋淋的棉花和绷带、破碎的药瓶和针筒、压扁的文明产物中

71

翻拣寻找，你可以从我操作的焚化炉中获得不少东西。接下来，我把这些垃圾分装进到适当的垃圾桶里，搬上手推车，推着它们走遍这栋没有任何人认识我的建筑物。这就是我的新工作，永远戴着脏兮兮工作手套的那个人。我身上闻起来有手术室的味道，整个心灵也跟破玻璃一样摔得四分五裂，不过没关系，因为他们虽然可以闻到我，却没人看得到我，也没人认识我。

现在我们简直与隐形人无异了。或许，这就是整个过程的重点——寻求隐形。你会发现每个人都能暂时隐形，例如置身在人群中，或躲进关上门的厕所里（此处由于转换量过于庞大，出于共识，人人都是看不见的），又例如沉浸在爱情的行动里。当然，在这个完全没人知道你的地方，你也一样是隐形的。知道我存在的人只有我的同事"黑油"（他是个又老又肥的黑人，终日粘在热烘烘的焚化炉前，发出"嘿唷、嘿唷"的声音），另外还有那位名叫马格鲁德的医生，当我推着车子在大楼中巡行时，他偶尔会故意挡住我的去路。没有朋友的弗兰德利。我们只能低着头，看着地板，以完全激不起摩擦力的方式移动。看来，我们肯定是没办法在这里待下去了。

难道人一旦失去了与他人的关系，就变得一无是处了吗？马格鲁德没多久便不见了，就连黑油也开始用古怪的眼神看着我，仿佛我根本不属于这里。现在我们所拥有的身体只剩自己这副躯壳了。话说回来，如果我们真糟到不该被世人看见的话，为何外表却变得越来越年轻健美了呢？

现在，我坐在一列火车上，在夜晚朝向南方而去。我们经过美洲的大西洋海岸，所有商家都已歇息打烊。我根本不知道我们要去哪里：我们的车票是以一种很不屑的动作从车站的垃圾桶跳出来的，上面只写有我们出发的站名，没写目的地是哪里。此时的托德让我感觉有些相似，因为我们都对自己的身份产生了质疑。"托德·弗兰德利……"他不停憋着嘴巴默念这个名字，仿佛害怕遗忘而想竭力记住它。我们这趟旅行随身的累赘物还真不少：一个装满衣服、金钱和各种生活用品，重到几乎搬不动的箱子；以及一个肾上腺素分泌过度发达的身体。火车上的托德几乎把心缩成了一颗牡蛎，只要车里一有人出现稍大的动作，他便会为之一惊。他的情绪始终无法平静，而这班列车……哎呀，有位低头检查车票的票务员背对着我们走过来了。他在我的车票上打了洞，然后带着质疑的目光退开。噢，我们这时候的感觉实在糟透了。如果我们换个座位面对另一个方向，感觉会不会好一点呢？火车不停前行，轮辙不断发出声响，仿佛一直叫着托德·弗兰德利、托德·弗兰德利、托德·弗兰德利……

停住！停住这辆列车吧！我突然觉得自己即将接受严酷的考验，准备陷入一连串的沉沦——但过程却是不容易察觉的。天啊，我那小小布尔乔亚式的恐惧又犯了：也许我会住进另一个不讨人喜欢的寓所，也许与我为伍的人（如果有的话）是更下层低贱的人物，甚至可能（我得以殉道者的姿态面对这点）过着餐风露宿的生活。等等，托德现在沉入梦境中了，正因梦魇的折磨而发出哀鸣。这么说来，在前方等着我们的或许是白外袍和黑皮靴，是一碰就爆炸的婴儿和他身上脏兮兮的围兜，是一大群漂泊的灵魂，还有那栋注定会发生恐怖事件的木头屋子。做这种梦并不难，每个人多多少少都做过被人伤害的梦，难的是从这种伤人的梦境中复元……从车窗外飞掠而过的是美洲这块大地，是这个年轻世界上的牲畜、森林和麦田。为寻求宁静，我向海洋远眺，但眺望的不是海洋动荡的表面与骚乱的边缘，而是那万物最后终将回归的隐秘深处。

一定是纽约。我们一定是前往这个地方——狂风暴雨中的纽约。

他正朝向自己的秘密前进，而不管我算是寄生虫还是一名乘客，都只能随着他一同旅行。我们的前程崎岖……不仅崎岖，而且还难以理解。但至少，有件事我是肯定会知道的（答案揭晓可以带来一些些安慰），**我将会**知道那个秘密究竟有**多**糟，将会明白这个罪过的本质。当然，我已隐隐感觉出一些了，知道这一切必定与垃圾和粪便有关，而且一定是因为时机错误而造成的。

3　身为医生，一切都是医疗行为

出租车这一行似乎已是完美到无可挑剔的行业。当你有需要时，无论是在雨中或戏院的散场时刻，他们都会适时出现在那儿等着你。一上车，他们二话不说立刻付钱给你，而且不劳你开口便知道你要去哪里。出租车实在太伟大了，难怪我们下车后还会站在街边，久久不忍离去，不停向他们挥手道别或敬礼，以示我们对这种优质服务的崇高敬意。因此，街边总是站满把手高高举起的人们，尽管他们浑身湿透，又累又倦，但仍坚持要表达对那些黄色出租车的谢意。唯一能挑剔的就是：他们总是把我载到一些我不想去的地方。

我们抵达纽约后的头三十六个小时，虽有些慌乱，但还不至于害怕。这可能和我们的本性有关，喜了新，旧的也就厌了。还是一样，我们必须在新的公寓落脚，而这个地方让我颇为心动——我只希望我们能租久一点，可这种事情非我能力所及，只能全权交由托德处理。话说回来，现在我们最好加上引号说"托德"。托德已经不再是托德了，他把这个名字卖了，换成了一个更好的名字。再见了，托德……接下来，我们认识了尼古拉斯·克雷迪特这个人。我搞不清楚这一切究竟是怎么回事，反正，我只能记下来，然后再摊开。一开始，我不担心别人，只时常替自己担心。这就是我们来到纽约后最早发生的事。

我们小心翼翼来到这座城市的地底下：纽约中央火车站。在此，火车发出叹息声，旅客们也发出叹息声，声声相连。最先下车的旅客匆匆忙忙地跑走了，其他人则徘徊在这里，待了好一会儿才准备到街上去。托德也低着头，在原地等了好几分钟才动身离开。他走在月台上，脖子不时扭向后方——这是他这辈子第一次尝试把目光投向他所要前往的方向。结果，这么做的下场却是不停地撞上别人，他只好不停鞠躬、好言道歉，露出赔罪的圣容。紧接着，他竟然插队站到售票柜台前，以火车票根卖得十八块钱的现金，但钞票到手后他却还很孩子气地站在队伍里，低着头，很不耐烦地，一直到挨到队伍最后面，才脱离人龙走向车站侧翼的商店区通道。才刚踏出车站，一辆出租车便很机灵地开了过来，完全服膺他们惯常的作风。于是，我们又开始旅行了，穿过摩天高楼峡谷，经过商标广告图腾。我有点紧张，心想为何不先拜访帝国大厦或自由女神呢？可话说回来，那种行程都太老套了。现在是十一月，街上的人们都裹在冬天的厚外套里，而那些高耸入云的摩天大楼则在精密计算过的压力方程式中微微地晃动。

这栋新公寓只有一个房间，大小犹如一座小型仓库。全木造的书桌和餐桌、低矮的黑皮革椅子、档案柜、幼儿用的围栏床铺……与我们之前的寓所大不相同，这里各式家具一应俱全，而且颇具个人特色。这里是很阳刚的。严肃、干净，非常雄性化。住在这里的男人，不管对优酪、膝盖弯曲运动甚至天

76

体营[1]假期，肯定都有某方面的坚持。总之，你们大概会这么想：我和托德现在一定会马上把鞋子脱了，好好享受一下这个地方。但你们都错了，我们还有一点私人的问题得去弄清楚。于是我们又坐进第二辆出租车，向东而去，拉里拉杂见了**各式各样**的人。我怀疑是否每个来到纽约的人都需要一个新身份，还是只有我们的情况如此，只有"他"是唯一的特例……现在不能再讲"托德"了。无论是门铃上的姓名，大门上的姓名，桌灯下信封上的姓名，在在皆说着约翰·杨、约翰·杨、约翰·杨……不知从这座城市哪边冒出来的一堆碎纸，在空中翻转着，从出租车窗飘了进来。我们用身为医生的那双手，愈合了这些纸屑，并立刻发现这些文件都与我们有关。信件、会员卡、账单、收据……每张纸片还是一样说着约翰·杨。你问外面还有什么东西吗？当然有。外面还有汽车，那是当然的。汽车、汽车、汽车……那是我们放眼望去所逃避不掉的。

我们前往的下一站是证件商店。这个贩卖身份的地方是在地下室，位置相当隐秘，叫人很难辨清方向。此处弥漫着刺鼻的干洗机热气，同时还有那种放在厚垫上来回压挤以在衣物上制造出皱纹的机器的味道。与我们交涉的是一个长相聪明的年轻人，他是这方面的专家，身上挂着一副箍环般的单片眼镜，看起来像城市里的一个白痴学者。没谈几句，这个年轻人便开始数起钞票，说了一些"在我们这儿可没得挑，若不喜欢就到

1　天体营，指在一定区域里，无论男女老少都一丝不挂，无论游戏、娱乐、运动或休憩。警察除外。天体运动是二十世纪二十到三十年代的中国人对于从西方传进的裸体运动的称呼。"天体"意为"天生之体"。

别的地方找"之类的话，而我们则以一种我从来没听过的口气、一种不再假装善良的口气、一种一听便知道过去长久以来的好口气都是假装的声音说：

"'托德·弗兰德利'？这他妈的是什么鬼名字！"

"拿去吧，"那年轻人说，"干净的。"

我们必须离开一下，然后再回到这里，但这个地下室变得越来越难找到出去的路。我们想找点食物，便从华盛顿广场公园的垃圾桶里搜出了一些东西：一个三明治，一个只咬了一口的几乎完整的苹果，然后拿去小超市那里换了一点零钱。时间过去了。时间，人类的尺度，它让我们牢牢固定成为现在的样子，直到完成这最后的交易。

"好吧，"我们快快不悦地说，口气不太符合这时的情景——这个小鬼正递给我们一沓新文件，外加上一整捆的钞票。"反正，我是被你吃定了。"

"两倍。"他说。

"你开价吧。"

"你知道我们这里的规矩吧？希望牧师在布道时跟你讲过了。"

"好极了。"

"我知道，牧师跟我说过了。"

"让你久等了，我的名字是约翰·杨。"

就这样，现在我的名字叫做约翰·杨了。

长日漫漫，今天真的是有始以来最长的一天。感觉今日那趟火车之旅已有数年之遥，威尔普的那段时光更已是陈年往事。但约翰·杨却无法入睡。在大量车声伴随少数的鸟鸣声中，黎明渐渐退去了，而约翰·杨只能躺在那里，希望恐惧能快点过去。过去……我想起在公园里下棋的那些人——我们在公园里坐了好几个小时——这些棋士，他们的差异性远胜过他们手中的棋子（这些人既不挺拔，也毫无规则，而是口齿不清、脚步不稳和残缺不全的）。每场棋局都在混乱中开始，然后经过一段既曲折又矛盾的程序，不过事情还是完成了。尽管过程充满恼怒、催促和紧张的姿态，但事情还是完成了。棋士做出最后一个动作，把白色的棋子轻轻一推，这时完美的秩序便再次恢复了；此刻棋士们才终于抬起头，相视微笑，互握对方的手。时间会说话，这是必然的，我对时间绝对有这样的信心。就像那些棋士所做的，随着时钟嘀嗒声响，一切行动最后都会合乎其原本的道理。

谢天谢地，他终于睡着了，像个婴儿一样。我当然还在这里，即使在一片黑暗中，我仍在观看着这个世界。有时，例如现在，我会像个慈母似的（夜里的母亲）俯看托德——或说约翰，试着从他纯真无邪的睡姿中看出一些关于未来的希望。就这样，当我们醒来之时就变成另一个全新的人了。约翰·杨。约翰的昵称是约翰尼。他干吗不叫**杰克**·杨？我还比较喜欢这个名字。啊咦，我们突然不觉得痛苦了。突然跑了出来，让我连咽了好几口的是……天啊，是野火鸡威士忌！

我们的衣服从房间各处奔向我们这里。一只皮鞋从阴影中飞出，像一个沉重的旧弹匣，结果被我们在失去平衡的状态下，以单手很有技巧地接住；在空中像风车般打转的裤子被我们用双脚制伏，再一踢便乖乖上了我们的大腿；最后是那像蛇一样的领带。当我们冲进浴室，伸手摸向漱口药水时，我突然有种很糟的感觉。果然，接下来我们便跪在厕所的祭坛前，同时按下开关……噢，天啊！我们面前顿时出现满满一缸可怕的意外之物。我记得很清楚，这种事我们以前曾经做过一两次，在我看来，这种动作根本已经达到人类身体的极限。现在我们俯身在马桶上，先放松脸部表情，吐出几口恶心的酸气，然后便开始狼吞虎咽。滥用酒精必有其前提，你可能认为滥用的理由乃出于意识，出于个人因素或某个具体事件，但我只知道，在滥用酒精之前的这段过程是无法容忍的。当你喉咙塞满恶臭酸腐的东西时，有谁可以忍受得住呢？又来了！出于意识、疲软虚弱、复杂多样，而且无法容忍。

我们出门进入纽约市区，摇摇晃晃走在格林威治村上，一间接连一间闯进酒吧，让肚子里的酒全流出来。头几间酒吧不愿意接待我们，这并不令人意外，因为我们是大吼大叫着进门，或企图这么做，用的是我们那崭新但不怎么完美的声音。不过，我记得，后来我们倒有过一段平静的空档时间，那是在某个暗巷之类的地方。我们躺在那里的一堆纸箱上，喘了好一会儿气，接着有两个年轻人状似愉悦地现身了，他们把我们扶起来，架着我们回去继续嚣闹的行动。接下来，我们沿着同一个街区，接二连三去了好几个地方，见识里面究竟在搞些什么把戏。我可以理解为什么约翰一来到纽约就变得极度兴奋。在这儿，即使到了晚上，多彩多姿的生活并未被收拢打包，而是摊开摆到了街上，摆在一座座闪耀的橱窗店门之后。无论如何，到了傍晚六点左右，他总算恢复正常状态了。在最后一间酒吧外，一辆出租车已很冷酷地等在那儿了。司机瞧也不瞧我一眼，早已准备好把我载去某个我不想去的地方。

不消多说，我和司机一样，也很清楚我们将要去的地方。纽约的第七大道有如消防队的长梯，一个又一个的十字路口有如梯上的横档。我们沿着梯子往上爬，到了上城，再转向如软绳一般弯曲的百老汇路。我们的目的地肯定是帝国酒店，将要见面的人肯定是我们的天气预报员——尼古拉斯·克雷迪特。

牧师是个体格魁梧的壮汉，相貌英挺，带点忧伤，有股慑人的气势。他有个突鼻子，一张像政治人物般的大脸，不过他并没有靠这张脸吃遍全美，毕竟，在这个年头是行不通的。他的肤色不对劲，那道探戈舞蹈老师式的八字胡也不对劲。一看见他身上那件深勃艮地红的西装，便让我立即联想到一些可悲又不愉快的事，让你不禁纳闷他的其他衣物或服饰会是何种德性。他黑色的领带上别有一枚金质十字架领带夹，除此之外，屋里还有其他和宗教有关的东西，例如墙上几幅呈现出新约圣经故事场景的画作。我们面对他坐下，中间隔了一张皮革桌面的书桌。在我们的左手边有一间内室，里头有两张床，都是双人的，上头铺放着完全一样的床单枕头之类的寝具。

他说了好一会儿琐事，讲了几个地址。有些我听来熟悉，有些则不。接着，他又说：

"我得声明，关于你以前在那里的事，我只能往好的方面去想了。"

约翰很感激地说："我唯一想做的事，就是去帮助别人。"

"以后你还是一样可以继续做你专长的事，我保证。"

他嘴里说着保证，肩膀却很无力地一耸。帝国酒店里面都是老人，这里根本就是一间老人旅馆。在我们走来这房间的路上，已亲眼看到他们的存在，感觉到他们动作的迟缓以及举手投足间的踌躇与犹豫。由牧师这个办公套房的外观和他已完全本地化的领导魅力判断，我推测这些老人或多或少都受到克雷迪特的照顾。我保证……你可以想象经过他保证的事情可能有一大堆，或者说，至少他一定经常向人保证事情。

约翰说："我真的很想继续帮助别人。"

"你要斩断这里的一切，换个地方重新开始。你没有家庭，这是你另一个优势。"

"有这必要吗？"

"最好是还不需要，"他说，"你只要离开纽约就行了。目前为止这件事只停留在州政府的阶段。你不必跑去墨西哥，也不用去加拿大，只要离开新泽西州就可以了。"

"我不需要那些东西。"

"最坏的打算是，我们可以采取合法协助，申请一笔辩护基金。"

"你说我该怎么办？"

"INS 是移民局的缩写，是退回你公民权申请的单位。"

"什么是 INS？"

"麻烦的是，司法部发了一纸公文要 INS 把案子转过去。"

牧师停了一下。"天可怜见的，"他说，用肥胖的指尖触摸了一下领带上的十字架。再次，在这一时之间，他看起来既悲伤又有权势。这种悲伤或许是仲裁者或出家人所特有的，他们虽然一直在灵的世界打滚，密切与天使和恶魔打交道，但在面对他们的美德和魅力、他们的不幸、他们的邪恶眼睛时，他们却经常感受到自己的无能为力。

"眼前最急迫的危险，"克雷迪特继续说，"是怕有媒体披露出来，把整件事大肆炒作一番。"当牧师在说话的时候，约翰的目光原本还落在内室里那两张双人床上，但突然间，他猛然把脸转回来看着牧师——他拿出一张相片横在面前，却只让我们短暂瞄了一眼。谢天谢地。虽然他只是匆匆一挥，虽然我们只是短暂一瞥，我却能看出这张相片确实含有极不寻常的讯息。这是一张黑白相片，主题与权力有关。相片中有十二个男人，站成明显的队形。人数虽然只有十二个，却呈现两种截然不同的类型，六个属于这一种，其他六个属于另外一种，算是相当平均。第一种类型的人是具有权力的，而且人多势众。第二种人不具有权力，他们人数也多，可是成不了势——数量只让他们看起来更悲哀和虚弱。相片里，第一种类型的人仿佛在对第二种类型的人说话，这六个人无声地对另六个人说：无论我们之间有何差异，无论我们的距离有多远，重要的事情只有一件。我们是属于活着的那群人，而你们是属于死者。我们活着，而你们死了。你们是一群死者。

"那么，他们找到了三十年前的这个东西，还有两个所谓的目击证人。"

约翰沉默了一会儿。

"没有。"约翰说。

"什么？没有吗？"

"我没前科。"

"最常见的问题：你是否隐瞒了你的前科记录？"

"喔。"

"关于你入籍美国的申请表格。"

"请说。"

"事情有点烫手。"克雷迪特说。

当他说到"烫"时，我不禁以为他指的是现在正裹住约翰全身的热气。约翰把脸别开，有点不好意思地说："因为我母亲……"

克雷迪特似乎对此很感兴趣。"这点对我们倒是满有利的。"

"这也是我的母语之一。"

"嘿，没错，我想起来了。你就是那个没有口音的人。"

这两个人站起来，握了手。约翰说：

"不瞒您说，我觉得昨天还比今天好一点。"

"今天好吗？"

"牧师先生。"

"医生。"

约翰和我回到我们的新家，刚开始，我们很难对这地方产生喜爱之情（例如那个超大的天窗），而主要原因当然是受到过去托德的影响——要是能摆脱他的方式过活，那可就太棒了。我所知道的那些女人，例如艾琳，最后都会发现他不是个容易相处的人。可想而知，你应该能体会到他内心世界的模样。

那个牧师也有问题，说什么天气会转为狂风暴雨，现在我认为他是全世界最靠不住的人了。他呼风确实唤来了风，但那只是自海面吹来的和风，而一整个下午我们就这么自得其乐度过了：看看电视，看看报纸，解决垃圾粉碎机、脚趾甲、衬衫纽扣和电灯泡等各式各样的小问题。这时候的意识并不是令人无法忍受的，完全相反，它美得很，是精神形式的一种永恒创造和消解，臻于和谐……接近中午时分，约翰开始进行一个我知之甚详的行为模式：伸懒腰、挠痒痒，叹了一口心满意足的气。这表示他已做好准备，打算出门去工作了。

当他改变的时候，我只能在一旁观看。现在他换上的是短袖上衣、白色工作服。我本来以为会出现那双黑色的靴子，但没有，他只穿上了白色的木底鞋。这种装扮还能让你指望什么？约翰已经被净化了，这世界对他而言又是一番全新的光景。

当他走在街上时，没有任何人阻止他。天空既不往他头顶淋下泪珠雨水，肥厚厚的云层也没露出不怀好意的冷笑。大地也一样，水泥地面既不打算张口吞了他，也不愿成为埋葬他的处所。风的情况也是如此，它以甜美温驯的形态平顺滑过，不露出魔鬼气息，不兴搅狂风气旋。可被我拿来视为凶兆的，只有某个小孩绝望的哭泣声，只有第七大道和第十三街口的那个黑人游民投来的恐怖凝视。此外，城里的那些行人、那些穿制服的家伙（肩负责任者），从他们身上也或多或少传出不详的讯息。那些行人——城市的使用者、街道的悲剧演员——他们行走的方式看起来皆像在逃逸；至于那些穿制服者，他们则说：**少烦我们，我们正在破坏建筑，我们正在放火，我们正在刮花公路或我们正在散布垃圾**……我们终于走到一栋大楼前，这里有门房、挑夫、接待员、泊车小弟和急匆匆抬着担架的人，这些人都知道我们是谁——杨医生。是我们，没错，我们正是毁坏人类身体的那种人！

我得出结论，每到这种时刻，灵魂只能像一只白色蝙蝠倒吊在暗处，只能任由黑暗主宰白日。当灵魂蛰伏等待的时候，在它下方，那具空空洞洞的躯体正以其意志和体力，很机械化地做着它所做出的那些事。我这种假设绝对是有道理的。**毫无疑问**，原因就出在这里，这就是托德·弗兰德利和约翰·杨的梦境（一群半死不活的人们排成长长的队伍，一名身穿白袍者凭借残酷又美好的力量努力驾驭这极难驾驭之事）所要控诉的。但这些梦境毕竟还是靠不住。我觉得，而且十分笃定，我们犯下的罪过可能是某种全新的发展。我认为它可能不受此地司法管辖的，而且超脱社会之外，自成一个全新的世界。当然，我从来就不认为托德／约翰过的是一个罪犯的**人生**。但是，他又走上过去那条老路，情况变得更糟，而且也陷得更深。我的意思是，所谓的界限究竟在哪里？请告诉我什么才是罪恶的极端？为什么你**不能**直截了当去动别人的身体？我不是在帮谁脱罪。如果我们睁眼细瞧，便会发现这些大同小异的鸟事曾发生在托德过去服务的医院里，而且当然也发生在全市那些广为人知的地点：圣玛丽医院、圣安德鲁医院和圣安妮医院。这种事太普遍了，随便一家医院都会发生，没人能假装不知道这些事情。救护车从这些地方开出来，发出所有人都能听见的尖锐笛声，它那旋转如牛仔套索的灯光仿佛在说：看呀，我们已套住了夜晚的恐惧。大街上，在犯罪现场黄色封锁带的界线之后，是一个用粉笔画出的人形轮廓。在此，我们身穿工作服出现，带来我们的破坏。后退点！各位！——别造成妨碍。让我们做我们分内该做的事。

医院里的空气微温而活跃，人体器官在此悄悄失效或荒唐地被保存下来，让这里的空气嗅起来就是这种味道。我们这些医生走动在天花板和地板之间，走动在日光灯和沙沙作响的油布地毡之间。在这些通道上，有种急需麻醉药奴佛卡因的感觉；实际上，我们就像僵在牙医诊疗椅上的病人，尽管牙科器械造成的痛楚让我们嘴巴大张，却无法发出只字片语。在手术房里，你只能看见我的眼睛。进来此处的男人都戴上纸帽盖住头发，女人用的则是头巾。我脚上穿的是木头厚底鞋。木底鞋。为什么是木底鞋？我身上穿的是手术服装，双手罩在橡胶手套里，还蒙上一个做案用的口罩。戴在我头上的头灯已连接到地板的一个变压器上，变压器沾染着鲜血，电线则在手术服底端沿着我的背爬下，在我身后摇摆晃动，宛如一条猴子的尾巴，魔鬼的尾巴。从我们的眼睛看出去，看得见的只是其他人的眼睛。唯有牺牲者的眼睛是看不见的——他全身被一张手术被单盖住，只露出那块我们工作的部位。当整件事情结束后，我们认真洗手，像一群训练有素的神经过敏病患。印在镜子上的标语提醒我们："每根手指应搓揉五十次，指尖需高过手肘。每次搓揉应包含两种动作，每根指头皆需四面搓洗。"接下来我们看见的是更衣室的荧光灯、短绒地毯和钢铁置物架。这里有好几个洗衣篮和你从未见过的超大型垃圾桶，我们则从里面捡出已预先弄脏的装备用具。离开更衣室回到急诊室时，永远是星期六的晚上。任何事情都是有可能的。

你想知道我做的是什么事？好吧。有个家伙头上包着绷带进来，我们并不瞎忙，会用最快速度把事情摆平。他的脑袋上有个洞，所以你说我们该怎么做呢？当然是拿一枚钉子放进去。钉子要用锈得相当严重的那种，至于来源可从垃圾桶之类的地方找到。处理完毕后，我们会把他带到候诊室，让他在那儿痛痛快快嚎叫好一会儿，才放他出去返回外头的黑夜。而在这段时间，我们又处理好另一个女游民的问题，忙着替她把袜子和鞋底塑料融合起来，糊在她扭曲变形的脚底板上……**让开！让开！**每当我们处理好状况极糟糕的人，总是迫不及待把他们送走。别担心，反正还有更多像这样的人会进来。

我一直觉得我认识这些人，一天之中至少会出现十次这样的感觉。这些坐在轮椅上或躺在担架上的人，总让我有种似曾相识的感觉。等等！那不就是在熟食店工作的辛西娅吗？那个女人会不会是盖纳，以前我在爱情活动中所认识的女人？好吧，接下来这个人我可笃定了，他名叫哈利，是"大都会"的门房。一切实在发生得太快了。在尖叫声和肋骨爆裂声中，我什么也听不见。那是谁的小孩？他不就是那时在威尔普街上匆

匆冲过大街的小鬼？那是好多年、好多年前的事了。慢慢来
吧，孩子，慢慢来。

很快地，我们的世界突然又再次充实起来，充满了人气、
人们的脸孔和声音。每个人都认识我。当然，我指的不是那些
牺牲者，他们并不认识我，而且实际说来，他们也不能称为
人，而是为了零零散散的利益而进来这里的，因此即使是他们
的微笑、呵欠和皱眉，也都来得零零散散。（我习惯把所有人
都当成似曾相识，但这是错误的，一点也不正确，因为我根本
不认识这些人。）除了他们，其他人我可就熟了。生平第一次
我有了朋友，有了兴趣。我享受棒球、歌剧和聚会的乐趣，也
因为某种特质而在团体中活跃发光。这些陌生的人全都认识
我。打从一开始，医院整个团队就给人非常亲密和谐的感觉。
即使你是个理想主义者，但一到了这里，最重要的事就是服膺
团队精神。这就叫做社会，是我们永远无法逃避的。身为医生
的我们是人类和自然界的调解者，是神圣的生物学上的尖兵。
因为我是医生，从某种程度来说，我所做的一切都是医疗行
为。但是，那个叫做社会的东西，我却相信它绝对是疯狂的。
最明显的例子就是贴在更衣室铁柜门上的那些信，那上头总是
这么写道：感谢您的大慈大悲，让我度过生命中最艰难的时
刻，如果没有你和医院这些人，我真不知道是否能活下去。那
些医生读着这种感谢状，眼中总是闪耀着泪光，特别是这种感
谢信件出自某个孩子的手笔时。不过，约翰·杨倒完全没有类
似的反应，也许他和我一样，深知这种信件只是用来讨好我们

的。那些孩子（不过才七岁大）目前还没踏进医院，等我们开始动手，他们或许就不会如此感激了。

我们有许多嗜好（向八方伸展，把生活填得满满的），但最主要的业余兴趣，自然而然，当然是女性的胴体。女人的身体总让约翰尼找到源源不绝的乐趣，他对此投注的热情之强，远胜过其他兴趣加起来的总和。他猎捕女人的身体，目的可不只有一个，这不是约翰尼的作风。他追求女人是出于以下诸多事物的渴望：爱情、精神层次的交流、自我的迷失和升华。女性的胴体总能引出他种种美好的感受。凭良心讲，女人身体的差异实在不大，不过就是一具身体加上一颗脑袋而已。别误会我的意思：他需要的正是那颗脑袋，因为那脑袋上有张脸，也长着头发。他需要脑袋上的那张嘴，这种需要可是非常强烈的。至于脑袋其他的构成物，好吧，我承认，约翰尼也需要一点点生在里面的东西：意志、欲望和倔强。就某种程度上说，性欲也是因脑袋而发生的，因此约翰尼当然非常需要女人的脑袋。

关于约翰的性生活，本来我还抱着极不看好的态度，本想冷冷地这么说：约翰在这座城市的这几年，只要能和几位护士约会就很不错了。但约翰可不止如此，几位护士是永远也不会令他满足的。话说回来，我说到了护士，这部分是一点也没错的。约翰的确和许多护士约会过，而她们也的确是一群漂亮又突出的可人儿。对我来说，医院的工作宛如地狱，由我所处的位置来看简直就是一个肃杀的场所。但是，医院又是一个很情色的地方——他们全都是这么说的，而且还彼此促狭嘲弄这点。鲜血、身体、死亡和权力……我猜你们应该可以看出个中关联。它们都已习惯各自所拥有的致命性，而它们所做的事也就是我们在这个世界所逃不掉的事：它们都准备好面对死亡。因此，杨医生才会对女人的身体产生如此巨大、如此投入和坚定不移的兴趣。话说回来，要是少掉这些不可思议的兴趣，女人的身体将会变成何种模样呢？

在纽约，有一种烈焰般的狂热存在于这座城市，把一切事物都感染上了，使它们既不能像别的城市那样步调悠缓，也不能让自己变得单纯些，少点疯狂、少点肮脏的颜色。与此地一经比较，我们稍早之前的罗曼史——在停车场上突然悲伤绽放的爱情，或在被雨珠滴落的商家橱窗前的冷言恶语——都显得优雅得过了头。我举个例子。我们来到纽约后，约翰会在凌晨两点起床，冒险出门上街蹓跶。我们来到第六大道上，本来还自得其乐地吞吐一支雪茄，但旋即约翰突然转向第二十二街，拔腿拼命狂奔，边跑还边脱裤子……当他的裤子褪至膝盖的时候，他砰一声闯进某栋高级住宅的大门；当裤子褪至足踝的时候，他开始跟跟跄跄飞奔上楼梯。我们三步并作两步直冲进这栋住宅，直奔入那间明亮的卧室……然后转身过来。我不得不说，眼前的局势实在没什么搞头。没错，床上是有个女人躺在那里，可是那儿还多了一个男人。这个人衣冠端正，身穿深蓝色制服，头戴大盘帽，庞大的身躯正以跪姿压在她身上，同时以戴着厚手套的手做着钟摆运动，很有节奏地甩着她耳光。不对，这根本不像我们的所作所为，但约翰还是小心翼翼地脱掉了袜子和衬衫。你不得不称赞他这点：他总能保持冷静，谋定而后动。果然，现在房里的这两个男人很奇怪地擦身而过，互换位置。约翰有点不好意思地爬上床，而这个穿制服的男人则瞪着我们，一张脸像波涛般起伏翻搅。接下来他大叫了几声，便快步走出卧房——途中他只暂时驻足一次，在离开房间门口时停下来，很体贴地替我们把灯光调暗。当他的脚步声移动到楼梯那儿时，床上这个女人才紧紧抱住我。

"我丈夫！"她向我解释。

管他是谁？二话不说，约翰马上侵入了她，连一点挑逗都没做。没有抚摸头发，没有叹息，也没有悲伤地凝视天花板。什么都没有，甚至连特别大声一点的鼾声都没，这位宝贝什么也没得到……不过，没隔多久她倒是在医院里得到了一份工作，变成了戴维斯护士。我们持续和她交往，也弄清楚她的丈夫名叫丹尼斯，职业是一名专值大夜班的警卫。她总是说幸好丹尼斯不知道我们的事，也希望他永远不要发现。人类的这点特质究竟该怎么形容呢？我想，他们大概只想记住他们想记住的东西。以我们这次的情况来说，我觉得，约翰和我应该偷偷互击一下手掌，感谢人类拥有"遗忘"的天分：遗忘并不是一个侵蚀和浪费的过程，而是一种活动力。约翰遗忘，戴维斯护士遗忘，而那位在冷风中窸窣着身体回去工作的丈夫丹尼斯，当他走在值夜班的路上时，也把一切都给忘记了。

基于责任感，我想把这两种兴趣做个联系，试着把这两种不同的女性身体结合起来：第一种身体是翻滚在枕头和床铺上的，头发蓬乱、眼神迷离，闻起来有很新鲜的面包味（女人真的很棒——这点大家应该不至于反对）；另一种身体是冷冰冰平躺在手术台上的，满头满脸都是鲜血，红得宛如夕阳。对于这两种身体，约翰皆一视同仁以其变粗大的动物部分加以侍候照料。这只是另一个女人，他似乎这么想，另一张绑着辫子的脸，另一条具有惊奇力量的大腿，另一个女性的小肚肚。

与孩子在一起的时候，约翰总是生气勃勃。我指的是医院里的儿科病房，那里永不熄灯，永远充满着我们耐心将其变形的小牺牲者，他们或服了药，或毫无意识，或一脸渴望地躺在那里。约翰遇上他们时真的活跃极了，他冲进病房，脸上带着狰狞的微笑，抢走孩子们的玩具和棒棒糖。他简直毫无感情，唯有那些大人可以让他动容。够可笑的了。他与这些人眼神交会，脸上带着一种近似坦承的表情。这种表情坦承：他们拥有一种权力，但已经被他侵犯了。这个权力是什么？是关于生命和爱的权力。

一遇上这些成年男子，这种属于医生的文化表演便突然显得贫弱无力。这点意外导出了一个问题，一个深藏在医生心中的问题——他们必须行使这种特殊的权力，而这么做的理由是：如果这个权力不被使用，就会变成无锚状态，到时会反过来侵犯他们自己的生活。

我总有一种感觉，觉得我的年纪始终跟在位掌权的美国总统差不多，唯一的例外只有卡特，他对这点或其他事情都是个例外。人们都说我长得像福特，不过，现在的我当然比他英俊潇洒多了。我比约翰逊总统稍稍年轻一点，至少在刚开始的时候是如此；和肯尼迪相较，我的年龄不但大他一小截，而且长得也不如他俊俏。说到肯尼迪，他可是从华盛顿飞来，经过医生手术刀修补并埋进狙击手的子弹后，才被送上达拉斯的街道，接受英雄式的欢呼。

尽管逐年来各国持续削减武装，但最近他们又重提核战争的议题，态度比过去还要认真严肃。我很希望我能说服他们别这么杞人忧天，这种事情不会发生的，门都没有，想想看发动一场核战争必须花费多少时间，多大的功夫？没有人敢开始，也没有人会做好这种准备。

还记得朋克族吗？他们就做好了准备。一些关于苦行者的实验，他们全展现在脸上了——穿环打洞、苍白虚空。朋克族已有了开始，也做好了准备。但是，他们很快便销声匿迹，转眼一二十年就这么过去了。

有段小插曲，我迫不及待想与你们分享。

那是在儿科的"彼得·潘病房"候诊室发生的事，当时我在那儿和护士贾奇嬉闹聊天。候诊室里还有另一个女人，叫做戈德曼太太。因为她是女性，约翰便不时用目光打量她——理由只因为她是个女人。然而，她同时还具有母亲的身份，除了脚边的那个婴孩，她还有一个三岁大的女孩。这个女孩所在之处离她稍远些，她下半身裹着石膏，躺在彼得·潘病房里。她来这里已经个把月了，而我们也决定将对她的臀部进行破坏——这是个长久的计划……戈德曼太太正在读一本杂志，那个婴孩就窝在她脚边。这对母子我们并非首度谋面，这个婴孩缩小的速度相当快，尽管他明显使出了吃奶的力气，但现在已经快要无法爬行了。等一下！这孩子还是能爬的，虽然一次只爬个几英寸，可他确实正在向前爬行。还有，这位捧着杂志阅读的母亲，脸前闪过光彩炫目的杂志内页：不管她是在阅读，还是在浏览，她都是往前翻动的。天啊！这是这么回事？这种情况已经多久了……？哎，稍不留意，这光辉的瞬间就溜走了。手捧杂志的母亲又开始倒着翻页，而地上的婴孩也停止爬行，只坐在那儿哭泣。他希望有人替他换尿片，要不就是肚子饿了。他希望大人把他的尿片塞满，厚厚涂上来自垃圾桶的新鲜大便。是我太幼稚了，我还得再努力克服这种事才行。我一直期望这世界的运行能合乎道理，但它始终没有，未来也不会有，永远永远就这么下去。

面对痛苦折磨，你必须学会铁石心肠，而且速度要快，就像我们最近面临的这样。

要是在人性上缺乏这些必要条件，我们恐怕连半小时都撑不过。关于此点，我们确是个中高手。无论是在金属和瓷砖构成的休息室，或是在放有纸杯和咖啡机的餐厅，你都可以见到约翰出现在那儿，工作服全身上下都是脏污。我们替病人取了各种不同的代号，有的甚至以"神经病"或"器官捐赠者"加以称呼。

"不像圆先生。你看过圆先生的病历吗？"

"嗯，她的情况还不算太糟。"

"你看过扁小姐的病历吗？"

虽然这没什么大不了，但我还是得替约翰·杨医生说句话。他在工作上从来无法获得任何愉悦，他的自我被蒙蔽了，披上了一件防卫的外衣，这点与他屡屡志愿加班的情况是格格不入的。人们对他的看法可多了：他是"无怨无悔的奉献者"，是"自虐狂"，是"圣人"和"去他妈的神经病"。"这个嘛……"约翰总是把双肩一耸，如是说道，"凡事总要尽力去做。"

比起其他医生、修士或修女，约翰性格的坚强性显然远远超越他们。这些人在工作岗位上畏缩颤抖，情绪波涛起伏。约翰跟他们不一样，他不需要别人鼓励，反而扮演起鼓励别人的角色。例如说拜伦，那位像布鲁托一样满脸黑胡子，全身体毛茂盛，毛茸茸乱长的家伙。

"继续说话，拜伦。"

"约翰，你看看我，我就快要晕倒了。"

"谁说这种事情很容易面对？"

"我快受不了了。"

诸如此类的话，永远都没有任何帮助。一如往常，每当约翰鼓励过后，他们的情况总是更糟，完全没有改善。拜伦摇摇晃晃地走开，一副心神不宁、担心受怕的样子，他的双手不断绞拧着，像从绿色的工作服里长出的一只大蜘蛛。

然而，在那身体之下的东西，永远是如此疲惫，永远没有停下的时候。我常和惠特尼一起工作。谁是惠特尼？他三十二岁，个头高、嘴唇厚、眼睛外突；他聪明过人，但缺乏教养，因此只能说他小聪明而已——惠特尼就是这个样子。他自以为很酷，老爱谈韩国的事，说比起这里来根本不算什么，没什么大不了的。我和惠特尼曾遇过一次事件，那时是……我想想……啊，对了，那时是一对青少年兄弟。他们是被母亲带来这里的，但我们才刚开始工作，她就马上闪开了，只见证了我们拆开已湿透的绷带。我们挑开缝线，又拿鲜血涂抹在这两个男孩身上。我记得当时惠特尼很有技巧地塞入十字弓柄之类的东西，而我则拿着棕色玻璃碎片试着插进另一个男孩的脑袋。正如他们所说，我们两个都"崩溃"了：我们彼此逗笑，笑到露出牙齿和舌根，全面嘲笑我们在此所做的每一件事。我们的笑声伴随着男孩的哭喊和哀嚎。喔，对了，那时惠特尼跑到我负责的男孩这里来。"小鬼，你想被人翻墙闯入吗？你的脑袋简直跟花园的围墙没两样。"他会说一些诸如此类的话，而正和一般笑话相同，这些话颇具有让我们平静下来的效果。毕竟不管任何鸟事发生，幽默都具有让人镇定的功效。当然，我们的笑闹其实是藏有恐惧的，我们恐惧自己的脆弱，恐惧自己的不完全。谁愿意这么做呢？我们又该如何避免呢？很快地，惠特尼和我便拿着钢锯和凿刀到别处去忙了，而这次的对象是某位盖在被单下的不知名人士。在一阵如雨的鲜血和如雪的骨沫飞溅中，我们把一只破烂不成形的腿，连接嵌合到臀部的位置。

　　是城市——真正把这些人给治疗好的是这座城市。治疗的器具则是刀剑、车辆、警棍和霰弹枪，是松脱的电缆和不负责的石工，是这个地方的爱恨与激情。

医院的二楼有一间洗衣房，那里是白天幽会的最佳地点。我们团队的人把这种匆促办事的行为称为**软脚运动**，因为你必须站着把事情做完。以前我常和护士戴维斯小姐一起去那里，但现在和我一起偷溜进去的人则是护士特雷姆利特小姐。

医院的四楼另有两间恢复室，在那里办起事来还算可以。过去我常和护士柯布蕾蒂小姐一道去那儿，未来我则希望护士萨蒙小姐和布克小姐都能早日让我在那里一亲芳泽。有时候，我懒得连外衣都不想脱下，反正上头都是脏垢和污迹。我只踢开了我的木底鞋。

有位名叫艾利奥特的护士对我总摆出轻蔑的态度，从不正眼瞧我一眼。昨天在电梯里，我听见她压低声音叫了我一声"混蛋"。我很清楚这个动作代表什么，它根本就是女人展开引诱行动的象征。果然，她很快便溜进了洗衣间，而一两分钟后，我也跟着推门进去。我看见她站在窗户边，正拿着银粉盒检查自己的脸。于是我径自朝她走去，双腿不停发软。

约翰经常利用下班时间探望这些护士，到她们的办公室或宿舍，进入她们的寝室或客厅。然而，只有几位比较特别的护士，才会看上约翰的品味，被他的穿着吸引。对付这几位与众不同的护士，约翰会采用一种明显不同的爱情模式。这种模式我特别取名为**有始有终**，你也可以说这是一种回归，重返他稍早之前的模式，只不过现在因为体能耐力的增加而分了许多岔。他需要一份轮值表才能把该做的事给做完，只要有机可乘，他会以最快的速度得手，一个也不放过。他似乎在寻找她们的身体，似乎想在她们的身体上寻找不曾曝露的孔穴，或全新出现的开口。

接下来，你猜猜看是谁露面了？一开始断断续续，现在基本上一个月已经会出现两次……是艾琳！约翰的态度实在够冷，但对我来说，这是最温柔的痛苦，特别是在刚开始的时候。说来好笑，我以为自己或多或少已把艾琳放下了，我对她的思念并没那么深，一天之中才想她不过几次而已。我也很少在街边、公交车上、超级市场、医院或一架从天上五英里高处飞掠的飞机上，以为自己看见了她的身影。放下艾琳？这可是个好机会。也许就像他们说的，你注定要把她摆在心里，绝不会忘怀你第一次的恋爱。但这根本是个复杂的梦魇，我无法**忍受**他对待她的态度。对他而言，她是……我该如何形容？……她是很容易被吸收消化的。只在一瞬之间，她就被吸收消化了，而消化她的是那疲倦的眼神，是那精疲力竭的微笑。这种状况是不可能的，约翰并没有**有始有终**对待艾琳。她应该获得此种待遇的。这根本变成了一个三角习题：我爱她，但她爱的是他，而他谁都不爱。在夜晚，被冷落的她躺在孤单的床上，约翰则以完全不同的方式度过，而我则为她**发热痴狂**。

岁月善待了艾琳，不过和我们这里的护士比起来，她的面容看起来还是相当憔悴疲倦。我注意到这点，并努力提醒自己她的不完美之处，以此作为自我防卫的机制。没错，我总是拼命抑制自己的想法以抗拒她，而她保持整洁的功夫确实颇有一套。只要每次她来过这里，整间屋子都是干干净净的。关于这点，我和约翰是完全一致的。我们都痛恨灰尘和泥土，不喜欢浴缸上的污迹以及任何形式的脏东西。

约翰和护士黛普拉宝的最后一次约会是去大都会博物馆。约翰对绘画没什么兴趣，那里也没有任何财务上的诱因，但他还是觉得自己应该去这种地方，至少那些护士、那个名字叫做"社会"的石头金属怪物，会对他有此期待。就像书法一样，绘画所暗示的似乎是一个颠倒的世界，在这里可这么说，时间的箭头是往另一个方向移动的，这些看不见的线条暗示着一个不一样的顺序与过程的关系。我那个想法又来了，它怪得让我总是觉得不安。我很想知道：是不是所有艺术都是一样的道理？好吧，音乐不能算进去，歌剧也不能算进去，因为这两样艺术里的所有人都倒退行走，发着极其恐怖的声音。

每年圣诞节我们都会收到牧师寄来的贺卡，告知我们气候和煦宜人。唔，应该说有时如此，有时并非这样。但我知道他的意思。

医院就像永远的十一月。即使你经过日晒雨淋，即使你遍经各种气候状况才来到此地，但只要一被那大门吸入院内，所有事情顿时变了调，一切都成为令人绝望的灰。在傍晚，透过医院的窗户向外看，云层看起来就像一团团绷带和棉花。

所有骇人的痛楚，所有无人聆听的梦境，所有乞求的眼睛——全都在狂热的旋律中被扫进了医院。

"你做得很好，医生。"这里每个人都对我这么说。我否认此点，打心眼里完全否认。如果我死了，约翰会停止这么做吗？如果我是他的灵魂，而且真的有"失去灵魂"或"灵魂死亡"之类的事发生，这样可以阻止他吗？或者，这样反而会让他更无拘无束？

我不喜欢这种议论，如果上述这些言语也算议论的话。我也不希望有人……不管任何人，用我的方法去看事情。毕竟，你们根本不能自我了断，在这种状况下是行不通的。关于自杀的念头，我敢说没人比我还熟悉，但是，一旦生命开始启动，你就结束不了它。你没有行使这种行为的自由，我们之所以出现的唯一目的就是为了延续。当然生命是**会**结束的，而且我还很清楚它剩下多少时间。我既感觉独特，又觉得无止无尽。不朽正在摧毁我——而且只摧毁我。

牧师的圣诞卡是从火焰中诞生的。从医生家里的壁炉里。

每天早上，在第六大道和第八街的转角地上都会出现一团圆形的覆盖物，像一块超大型的披萨面饼，又像一场自然界的大灾难，等待着某个喝醉的巨人或尺寸突变的大狗来把它们清除。不对，清理这些东西的是一个老太太。她每天早上从逃生梯的侧门走下来，疲倦地把一切收拾好后才爬回家去。她的怀里紧紧抱着一个纸袋，里面装的全是那群鸟儿为她带来的食物。

每个星期一早上，我们会在九楼霍奇基斯医生的办公室里聚集，召开重症病例讨论会。会议中，病变的器官会被盛在塑料的午餐托盘上，在医生之间传看。

约翰越来越欣赏艾琳了。经过断断续续几次尝试，紧跟着一次短暂的疏远（这期间倒是排满了其他护士）和大吵一架后，他又把两人的关系重建在性爱的基础上了。我本来以为自己会因此而开心，可事后证明我并未如此。现在我心中满溢的竟是嫉妒的情绪，强烈得可怕。

我们是否能对此得出结论，下判断认定约翰的心就这么被这个好女人的爱情给感化了？没错，她是个好女人，但也是个胖女人，而且还上了点年纪。她宽恕一切，并在我们入睡时凝视着我们……让我们面对现实吧，是谁比较像母亲而不像情人？那关键点，或说揪转时刻，发生在艾琳坦承自己的"秘密"之时。她这些话是打破长长一段沉默插进来的。

"她是个女孩，"艾琳说，"她现在和养父母住在一起，在宾州。我没办法照顾她，因为我有自杀倾向。"

约翰哼了一声说："那我们可是同病相怜了。"

"有件事我从来没告诉你……我有一个小孩。"

那时，他们一起躺在床上，充满哀伤地凝视着天花板。事情就是这么接连而来。

这是相当矛盾的，因为约翰并不喜欢有小孩的女人。她们可以有丈夫，可以随她们高兴同时结交许多男友，但就是不能够有小孩。当他得知自己攀谈的对象有小孩时（通常那是他发问的第一个问题，是她们必须面对的第一个测验），接着就不会有任何下文了。他勾搭了许多护士、护理员和看护，但其中没有一个人是母亲。

我们三个都知道约翰有一个秘密，但我们之中只有一个人才知道这个秘密是什么。他让这个秘密匿迹隐形——对秘密本身而言，或许这才是最理想的状态。

时光飞掠。汽车越来越少，外型也越变越胖，还模仿动物生出鳍和翅膀之类的东西。

针筒注射器不再只使用一次了。一般说来，医院都渐渐着重便宜行事和漫无章法——我们甚至开始使用吸量管，多不卫生啊。此外，他们还慢慢淘汰人造棉花，这真是件令人难以忍受的事。

医生的社会地位比过去更高了。我们走得昂首阔步，再也没有被传票的阴影威胁。

你再也看不到那些脚踏车骑士戴着口罩上街，也见不到提醒气喘和花粉症患者注意空气质量的警告标语。

每个人都抽烟、喝酒，到处乱搞，一点后果也没。

上星期，有人过来搬走我们的彩色电视，换了一台黑白的给我们。这笔交易让我赚了点钱，可是，当我扭开这台电视的第一个想法是：哎呀，这个世界的意见消失了！

但实际上，这世界的意见早在很久以前就不见了，这种力量早已消失，而你没办法说清楚那是在何时发生的。我记得，在登月火箭升空之后，每个人的脑袋里都好像有一盏小灯被熄灭了。这个世界突然变得较封闭、较地域化，有点通风不良。这世界的意见，从另一个角度看，也可以说它是缓缓消失的。自我意识变得无足轻重。这些日子你到处都可以见到那吃人妖魔似的微笑，但根本没人理它。人们才不理会别人是什么样子，唯有这样才能以自己的样子过活，不必理会别人心里究竟怎么想。

各地的服饰风格都越来越纯真了，而每个人也变得越来越纯真，不断地遗忘。中央公园变得干净了，但不再像以前那么安全。我们的人数变少了。

想象我此时正在手术室里，脚下是黑色瓷砖，头上是筒状灯光，身上是轻微的头痛和一点点勃起，工作则是把肿瘤舀起放进病患的身体里。我休息了一下，利用的是装在坚硬铬合金架上的皮制脚踏车椅垫。手术助理护士是黛普拉宝小姐，她正目不转睛地看着我。在她的手术面罩下，眼神是唯一能给我的东西。我和她睡过觉，拜伦和惠特尼也一样。黛普拉宝护士的床上功夫是远近驰名的，她那火热的大腿和柔软的嘴唇，那可爱的小腹、诱人的屁股以及漂亮的乳头，统统都获得**极公正**的评价。

我想把这块肿瘤安装得完美又坚固，于是我说："刀子……钳子……吸盘……镊子……"

在夜晚，医院发出咯吱声和滴答声，正在进行挑选和分类。

在我们生命中的大部分时间，我们也担任自己的医生。我指的不是当你老态龙钟，对每件事都感到麻痹和无趣，为了面子或根本出于厌恶而不愿探究的时候；我说的也不是我们年少，身体处于一种未经检验的狂喜的时候。我指的是介于这两者之间的时间。

注意他们，在咖啡厅，在公交车上，这些巫医和信仰疗法者，这些诊断专家和麻醉医师。在畏缩和怀疑中，他们治疗自己，默默地作为自己的顾问医师。

治疗你自己，但不要去治疗他人。放过他们，让他们去吧。

如果约翰的道德观念变成真人来到我面前，我会这么说：

你有异常咬合和复视现象。脉搏微弱。听诊结果显示呼吸困难，充满啰音杂声，呼吸急促，代表纵膈腔有裂缝。你的双眼有斜视和震颤症状，同时有出血和水肿现象。嘴巴部分，有口腔黏膜病变和喉头发炎的情况。至于你的心脏，有心悸、收缩起伏、震颤、摩擦声，两侧胸骨边缘皆出现泛收缩期杂音。心理状况：清醒、意识清楚；记忆、判断力、情绪……皆正常。

与此同时，那些躺在病床和担架上的牺牲者，正以焦虑的表情在一旁张望着。

现在，在都市里也可以看见星空了。每个人都能，而且不是东一颗西一点露个少许以引诱人的那种。完全不同了，我们看见的是毫无窒障的宇宙！然而，大多数人对此似乎并无特别感受，仿佛夜间的天空一直都这么清楚透澈。所幸，约翰倒还蛮喜欢星星的，这点颇令人惊讶。他的目光会漫游天际，观赏夜空、星座和群星。他会挑出一些著名的星象，对依偎在他臂弯里的护士仔细解说，例如，说明这颗星星到地球或彼此之间的相对距离。这真的很有趣。那两个看起来像双胞胎、只相隔不到半英寸的星星，事实上距离之远恐怕大到超过所有人的想象，它们之所以被连结在一起，完全是因为我们观看的角度。而且它们一个是侏儒，一个是巨人……护士们带着微笑有点不专心地聆听，她们的思绪甚少有幻想成分，大多属于褊狭见地。至于我，我可是全神倾听的。对我而言，群星宛如微粒，只是一团扬起的尘土，我却能感觉到它们火焰的热力，感觉到它们燃烧着我的视线。

现在，有些风流韵事实际上是从医疗行为开端的。由于无处可藏，没有任何黑暗的空间，约翰只得把这些工作带回家。

他这些未来的女朋友都以极低调的态度上门。约翰早有准备，以最快的速度接待她们。刚进来的她们通常都觉得身体很冷，必须休息一下，哭上一阵子，然后才坐上东西已清空的餐桌。她们非常配合，一开始就依传教士姿势摆好她们那部分的动作，但约翰却在他处操忙，好一会儿后才捧来满满一钵东西。钵里有一条长方形的胎盘和一个只有半英寸长、有心脏但没有脸的婴儿胚胎。在镊子和扩张器的帮助下，约翰把婴儿胚胎植入女人的身体。他总是要这些女人小声点。她们**非得**安静不可，毕竟钵里有满满一缸鲜血。接下来是比较轻松的指诊和上药，然后她们就能起身，喝点东西，小声说几句话。他们互道再见，不过他未来还会见到她们，而这段间隔时间平均起来大概是八个星期。

我导出了一个结论——这些婴孩就是出现在托德·弗兰德利梦中的那些"炸弹婴儿"。不管怎么想都非常有道理。所以，这些婴孩是无比强大的，他们拥有一种力量，而且最重要的是，没有人知道他们的存在。不消说，这当然是不公平的，在清醒的现实世界中必须保持安静的是母亲，而不是婴孩。话说回来，这些婴孩也没办法发出声音：他们有心脏，却没有脸孔，没有喉咙，没有可以用来哭泣的嘴巴。但梦境就是这样，总和真实有段差距，且因自己的不正直而自得其乐。总而言之，约翰·杨日日骑乘于一团灵魂风暴之上，而灵魂在风中飘零宛如落叶。约翰·杨身上穿的是那件白色外袍，脚上穿的却是胶鞋、平底鞋或他那双木底鞋——那双黑色皮靴至今尚未出现。

外头响起救护车的警笛声，尖锐得像一个发了狂的婴孩。尖叫声由远而近，旋即往街道远方奔去。

简单地说，医院是一个制造暴虐的地方。暴虐会衍生暴虐，永远也无法停止。新的暴虐仿佛是为了让先前的暴虐产生意义而生的，而先前的暴虐又是后面将来临的暴虐所不可或缺的要件，只要一停止就……哎！那是停止不了的。

暴虐凌驾暴虐，然后变得更加暴虐无道，如此越演越烈。

令人欣慰的是，与那些人的身体发生接触的，实质上并不是我的身体。我很高兴自己拥有的是**他的**身体，我仅处于借居状态。然而，我多渴望拥有自己的身体啊，一个能听我命令行事的身体。我希望我能拥有身体，拥有一个能感觉疲劳的设备，拥有可以承担消沉的双肩、一个可以向后仰望阳光的头和脸。我希望拥有可以曳足而行的双腿，希望拥有一个能发出呻吟、叹息或嘶哑请求原谅的声音。

我怎么也想不通。艾琳明明仍会来我们的寓所，但现在我们除了巧遇之外，几乎已没有机会见到她。我们的恋情结束了，而她看起来却很愉快，一副获得解脱的样子。不过，现在每星期她还是会来这里两次，报复性地四处撒满灰尘，弄脏所有盘子，又把床铺搞得凌乱不堪。她离开之前，会在厨房琉璃台上留下四块钱——但很快就减为三块半了。

　　我怎么也想不通。医院拿钱送给病患，而我付钱给医院，艾琳又付钱给我。我搞不懂，难道我们全是别人的奴隶吗？我们的地位是否还不如奴隶？

　　他们不会相信我的，即使我有办法开口对他们说话。他们一定会转过身去，满心的轻蔑与不屑。

　　我就像那个来自厕所的婴孩胚胎。我有一颗心，但没有脸孔，也没有眼睛可以用来哭泣。没有人知道我在这个地方。

　　我们所面对的是一场战争吗？一场对抗健康、对抗生命和爱情的战争？我所处的状态是一种被撕裂的状态，每一天，周遭进行的都是生存的选择与支配。我看见"痛苦"的脸，一张既凶猛、遥远又古老的脸孔。

　　也许会有一个很直接的解释，可以解释我所感觉到的这不可思议的虚弱状态。我需要一个完美又直接的解释。我感觉到的是属于道德上的虚弱，也许我已经厌倦当人了——如果我也能算是"人"的话。总之，我已经厌烦当一个"人"了。

第二部

4 你尽力去做，但这不是你最该做的事

一九四八年夏天，我们前往欧洲，目的是为了移居，同时也是为了战争。唔，我虽然说**我们**，但现在的约翰·杨更加独立自主了。我们之间产生了某种分歧，那大约是发生在一九六〇年的事，也可能还要更早。不过，我还是居住在他的身体里，安安静静地，拥有我自己的思想。在悠长的时光中，唯有思想是可以自由漫游，不受拘束的。

我们所在的这条船上，遍响着欧洲各种口音腔调。我们头上是广大的天空和有如动物园般——由数不清的雪豹和北极熊组成的云层。船上的人大部分都待在下层甲板，那儿弥漫着一股奇特又明显的快乐气息。当人们感到快乐的时候，他们的脸部会形成一种特别的角度，例如，从水平线算起，你可以说那是大约十三度的仰角。此外，快乐还蕴含独有的野性，凶猛地牢牢抓着生活与爱情的权力。**的确如此。**每逢晨昏，当约翰·杨拎着象牙头拐杖、穿着光亮黑皮鞋、叼着颇有说服力的雪茄烟到下层甲板蹓跶散步一番时，他总是显得如此聪明又英俊。他流露出一种难以接近的特质，走过下层阶级群众、经过那些挤在一团的家庭、年轻的母亲和哭泣的婴儿。婴儿的哭声——我们都很清楚它们所代表的意义，无论你使用的是何种语言。突然间，人人似乎都至少带了一个婴孩在身边，仿佛要趁大战

的风暴来袭之前把他们藏起装回安全的处所。

刚开始，这段航程看起来颇类似流亡，或者说是一种逃避的模式。大海以百万颗眼睛瞪视着我们，有百万个目击者见证着我们的逃亡。我除了希望有法律或诸如此类的东西能阻止约翰（但这并未发生）之外，并未太留意、也没有兴趣观察约翰鬼鬼祟祟精心设计这趟旅途的过程，例如，他在出发前曾连续找过克雷迪特牧师多次。我真的毫无警觉，直到我们乘船到埃利斯岛时，我才恍然大悟。没错，早在几个月前，我的确隐约感觉到会有大变动发生，而我所依据的线索是约翰皮肤颜色的变化。一开始它呈现浅红，随后，在温度仍冷冽的春天，他的皮肤一路从热狗芥末酱的颜色变成了花生酱的颜色。黄疸症！天啊，那时我真吓了一跳，旋即才想到——他的皮肤被晒伤了。我根据事实推论，许多人在前往异国岛屿奢度豪华假期之前，经常会事先变成这副模样。不过，怀疑约翰患病、以为他染上什么恶疾的想法，说起来还真是好笑。现在他的精力可旺盛得很，还伴随某种程度的野蛮与庸俗，而且是完全未被驯化的。约翰的眼白闪亮得有如清新的森林，他的躯体挺直非常近似他那越来越神奇的生理勃起。这时候的他会突如其来、也没有任何预警，便突然趴倒在地做个一百下俯卧撑。"九十九"，你会听见他忠实的答数声，永远也不会偷斤减两，"九十八、九十七、九十六……"即使在用餐时间，在船长的餐桌上，他仍不断锻炼自己的肌肉和力量，一双腿也不安分地在餐桌下蹦跳踏动。约翰的身体战栗犹如这艘船体，而战争则像一场球赛，即将在预定的时间开始。这时，他的年纪是三十一岁。

　　我们有专属的舱房，位于 A 甲板层，这里是一片屈膝扩胸的场景。船上也有供给公众使用的运动设施，地点是在 B 甲板层，约翰和船上一位黑皮肤名叫陶里亚蒂的事务长，在那儿带领众人做运动。我们会先做跳跃运动，然后再玩一点丢套索的游戏。一开始，不分早晚，一到散步的时刻（一样的装扮和拐杖），所有人老是挤向船只最尖锐的一端，和一般人相同，凝视着自己所来自的方向。唯有约翰例外，他总是站在船尾，看着自己将要去的地方。水面上长长远远地清楚地画着这艘船将要航行的路线，但随着我们的行进，这道记号也被一点一点吞没。就这样，我们在这个大洋之上没有留下半点痕迹，正如我们成功掩盖了过去。

　　再一次，我们似乎又已摆脱过去种种了。约翰现在的心情极佳，好像释然了一切。但是，如果你让我回想起加护病房、手术台或担架轮床的情景——示波器上的潜水艇光点（有如一个失落的密码）、叹息不止的人工呼吸器——我可是会在里头不停地翻搅滚动，久久难以停止。我没办法摆脱过去。我靠得太近，花了太多时间与苦难相处，浸淫在它恶臭难当的化学气味里，凝视太久那张凶猛、遥远和古老的脸。医院的**一切**、微温的嗡嗡声……所有细节我都记得一清二楚。回忆起一天的事，必须花上一天的工夫；回忆起一年的事，就必须耗掉一年的时间。

　　船上的引擎组不知怎的生病了，瞧它们咳嗽、噎气和干呕的模样，把又浓又黑的烟雾送进通风管飘至我们的舱房内。晚餐的时候，我们的希腊船长很有礼貌地来拜访我们，操着古怪的英文向我们致歉。经常，一连多天，我们只能孤单无援地在大浪中颠簸，或以顺时针方向绕行好几个大圈。丑陋的海鸥倒着飞进我们的航线，似乎想暂止由空中的坠落。约翰忧烦不已，状况和这艘船一模一样，但其他人看似毫不在意。我也不以为意，甚至还喜欢这种悬宕的感觉，因为它远离陆地、远离所有制造伤害的手法。夜晚，在约翰焦躁不安的身体终于入睡后，我却还醒着，静静聆听海浪轻轻拍打在静止不动的船壳上的声音。

浪花拍打的声音虽美，却是不诚实的。它说着谄媚欺瞒的话，想以此遮蔽一切。

在约翰崭新的健身计划、有益身心的大西洋空气和诸事万物的影响下，我居然也企盼起某种程度的重生。这当然不会真的发生，但当我们在里斯本靠岸时，面对那欢天喜地的骚乱，我竟不由自主有了这种反应，至少，我的心灵表现出的情况是如此，而就连约翰也颇为僵硬地让自己接受各式各样芳香的拥抱。但是，后来这条船在此耽搁了好些时间，笼罩在由它自身所形成的焦虑与不安的迷雾中。我无力地凝视着水面上浓厚的油污，那儿存活不了任何生物，而码头边欢迎的群众的倒影却在上头漂游浮移宛如热带鱼类。接下来，欲望和组织力再次缺了席。事实上，我至少花了一星期才把一切拼凑出来，而这段期间约翰已经登记住进了一家旅馆，带着文件、许可证、贿赂金和取得一个全新身份所需要的一切，跑遍了这座城市。我们办妥了这件事，出来时得到一位临时司机的陪同、一笔可观的收益，以及一个超棒的新名字：汉米尔顿·德·苏萨。我认为，这个出卖身份的行业是约翰、是托德、是汉米尔顿个人的一项小缺点，而不是一般人普遍会有的行为。但是，你看看外面，看看那以街道当皮肤的山丘，看看那花园栏杆之后的倾圮荒芜，还有再看看外头的所有人。这群人一定也顶着假名、取了化名四处钻营。战争将至，我们已用过三个名字了，虽然有些人——连一个名字也没有（你可以从他们的脸上看出），但我们一定能处理得宜。

当然，汉米尔顿和我很快就稳稳当当安顿下来了。我们拥有舒服的别墅，有三个女佣，有园丁托洛，还有一条名叫巴士托斯的狗。这地方位于浅浅的山谷，离南边的雷东多只有几箭之遥。听啊：那儿来了一群山羊，脖子上的铃铛杂沓发出微弱声响，赶羊的人是一位身穿白衣的农民。那群山羊也是白色的，宛如一小群由灵魂组成的团体。牧羊人虽不常喊叫，但他们偶尔发出的叫唤声充满葡萄牙式的忧郁、葡萄牙式的慈悲。每个月中有两次，那位我把他当成管家的胖律师，总会汗流浃背地过来拜访我们。我们在屋顶上享用雪莉酒，以有限但很正式的英文词汇聊天。花儿在盆中盛开，我们的花园让鸟儿们欣喜啾鸣。

"真可爱。"管家说。

"那边那株叫肥皂草。"汉米尔顿说。

"真美丽。"

115

汉米尔顿伸出一根指头。"那是黄雏菊。"

"真漂亮。"

"睡午觉的约翰[1]。"

一只黑色大鸟从我们下方的草地蹿起，倏地飞上空中。

在我们周遭眼力可及之处，还有其他各式各样的陶盆和花朵，附近似乎全是这些东西。这点倒是让人蛮喜欢的。在这干旱的不毛之地，一栋栋或红或黄的别墅矗立，像极了盖在火星上的糖果屋。光线中，暗含有一种慵懒的色调。

我们的三个用人：安娜、露德斯，还有那吉卜赛姑娘罗莎——关于她，我非得多说几句话不可。用人的事情我熟得很，因为我以前有过一位：艾琳。噢，艾琳！……用人做的事总是一样，你永远得跟在他们后面把环境弄干净，不过你可以慢慢来，用不着那么积极。此外，用人都非常有礼貌，而且他们都很穷，几乎可以说是到了一文不名、家徒四壁的程度。他们不但把身上仅存的一点钱交给那位管家，还会想办法凑出一点零头，找机会塞给我。最常这么做的是罗莎，那位姑娘，我们总以主仆式的互动进行这样的馈赠。没人说这是公平的，但至少，它是可以理解的。金钱的把戏不正是如此？你以为钱财**也会**从树上长出来吗？它全都来自于你家的垃圾。在纽约，政府会帮我们把垃圾搬来，但在此地我们得自己这么做，而这份差事是由园丁托洛负责的。他会驾着由骡子推动的货车，带着在一旁兴奋蹦跳的巴士托斯，一起前往村庄的垃圾场。有时，

1　睡午觉的约翰，为菊科植物草原婆罗门参（Goat's Beard）的绰号。此种植物的黄色头状花序在黎明时开放，午前闭合，故得此名。

我们也会依赖火焰，从中取出一些颇有**价值**的东西，但毕竟质量和数量是不同的。说回罗莎，她住在山谷那端遥远山坡的吉卜赛人的帐篷里，是所有用人中最穷的一个。我们常在傍晚时散步到那里去，等上一会儿，然后小心翼翼不泄露行踪地抢在她前面，一路带领她到我们的别墅；她虽然从未回头，但她知道我们就在那儿。吉卜赛人的营地也是用垃圾搭成的，然而这些垃圾可是一点价值也没有。垃圾，我可以说是它的领主，而她则是垃圾的女奴或囚徒。

我们的嗜好？

我想，该是散步吧。身穿完美无瑕的斜纹粗呢服装，戴着猎帽，身旁则有巴士托斯在脚边兴奋蹦跳。这是一种很动人的行为，让你不得不认同这种动物也拥有灵魂。你能相信猫有灵魂，甚至相信骡子也有，但很难相信表皮松垮、性格轻佻、总以哀求目光看人的巴士托斯也具有这种高尚的东西。蒙住脸部的农夫，身穿黑衣荷重的妇女，他们皆以嘶哑的声音害羞地向我们打招呼，而汉米尔顿·德·苏萨则生气勃勃地回应。他说起令人费解的外国话，让我完全不知道他在说什么，唯一一个令人觉得熟悉的字眼是 somos[1]。在路上巴士托斯和我会玩一种游戏，玩具是它那颗沾满口水的网球，此外它也喜欢丢掷一些棍棒。越过山谷，来到那山坡。那个营地真的是非常肮脏。

对了，我们还有园艺方面的嗜好，不过和在威尔普的时候一样，不必躬体力行。我们只需站在托洛伛偻的身形后面，用

1　somos，为西班牙语中的 be 动词，用于第一人称复数。

拐杖东指西点便成了。花朵是令人愉悦的，然而却下贱之至，绽放的全是妓女似的姹紫嫣红。

黄金是我们的另一个嗜好。我们热衷搜集、囤聚累积。大概每月一次，我们会和管家一起乘车到里斯本，到"豪华大饭店"拜访一位住在那儿的年长的西班牙人。我们准备好钞票，那是由管家所提供的。我们先点数花花绿绿的钞票，然后放在桌上，推向西班牙人那端。这个老家伙在确认金额无误后，便拿出黄金称过重量，接着用一条蓝绿色的布巾包裹起来。就这样，我们得到了想要的黄金，每一块都如领扣般大小。然而，伴随这场交易活动进行的却是一种厌倦、羞耻和极度恶心的感觉。我们意志消沉地坐在那儿，周遭全是厚重典雅的古董家具，盯着眼前这位曼里尼先生——他的眼镜、他牙洞上的补牙焊料、他那布满尘埃的天平。就这样，汉米尔顿和我的黄金越来越多。

能把罗莎称为嗜好吗？这么说她合适吗？当罗莎穿着那身粉红色的破衣裳，走到井边时，汉米尔顿只瞥瞄了一眼，血流速度立刻变缓平静，情绪也随之稳定下来。他似乎是一头栽入人家所说的"一见钟情"里。就在我们刚到此地的那天，他便在厨房里挡住她的去路，眼里噙着泪水紧紧拥抱住她，口中不断说着 *adorada*、 *adorada* [1] 这个词。罗莎既粉红又肮脏，她的肤色微黑，脸色却极其红润。她的工作内容之一，是在每天早上替汉米尔顿的夜壶灌满液体，而每当她走进房门时，总会

---

1 adorada，为西班牙语中为"爱"的意思。

发现他身穿睡衣睡裤刮着胡子。他慢条斯理转过身来面向她，而她则蹲下来，把那一大盆令人尴尬的东西放在床底下。她的目光始终低垂看着地板，道了一声 *bom dia* [1] 才离开房间。坦白讲，罗莎对他来说根本是搞错对象。她年纪太小，对汉米尔顿是如此，对其他人可能也一样。不这么认为的唯有她的兄弟、她的父亲和叔伯之类的亲戚，而这就是汉米尔顿打的算盘（我可以感觉到），是他在暮色中徘徊在营地外缘所抱持的念头。上星期她才庆祝过十三岁生日，所以现在她只有十二岁而已。当她蹲在院子里把干净的盘子一个个弄脏时，他盯着她与抹布水桶为伍的样子。他看着她背部的斜面，看着她揩去额间汗水的模样。从她褴褛的衣衫中，可以看出她身上并存着粉红与淤青的颜色，就像她的嘴内仍共存着大小不同的恒齿和乳牙。很快的，为了填补那些空隙，她会得到一些乳齿，那是她花钱向牙仙子 [2] 买来的……汉米尔顿接触这么多女性，究竟想寻找什么呢？母亲？女儿？姐妹？妻子？他的妻子人在何方？她最好快点出现，趁一切还来得及的时候。罗莎送了一份昂贵的礼物给他，而在那趟里斯本之旅中，汉米尔顿竟然在浓情蜜意的情绪中把它给卖掉了。

然而，最近这些日子，他最感兴趣的竟是他自己的身体。他成为自己的嗜好之一，狂迷自恋于自己的身体。我搞不懂这是什么样的一种爱恋。当然，我们现在和在威尔普的时候已经

1　bom dia，葡萄牙语，意为早安。
2　牙仙子和圣诞老人一样是神话虚构的人物。在欧美习俗中，小孩换牙会把脱落的牙齿用信封装好，压在枕头下，相信夜里会有牙信子过来用钱买走牙齿。

不可同日而语，那时的托德是个孤苦无依的老可怜，是一无是处的失败者。但汉米尔顿好像抵挡不了此刻身体散发的魅力，他对身体自恋的程度，会让你以为过去的他好像不曾拥有过身体似的。他在屋里走动，不管到哪里都有镜子。透过各种不同形状的葡萄牙哈哈镜，他精密检视**这具**自己精心打造修饰过的身体。

他开始从垃圾中获得一些写给罗莎的诗，这些诗是装在柳条纸屑筒里的，由卑躬屈膝的露德斯捧来的。每首诗的长度都只有两三行。

> 裹在吉卜赛布衣中的公主灵魂，
> 注定在卑陋的马厩中苦恼……

还有：

> 罗莎，纯真的她渴求援救！
> 但那位能救她的骑士何在？

没错，那位骑士不知何在。这些诗句，他在阴郁，甚至有时嚌泪的情绪中用笔一个个擦除的文字，也许是个很好的意象，恰恰代表了他长期以来的自信。

他的身体现在会散发出一种粉红色的化妆品。他一点一点把它装进罐子，然后连同其他一堆个人卫生用品交给管家。

每当他到营地那里在暮色中等着她时，我偶尔不禁这么想：他爱上的不是罗莎，而是这座营地。那热情奔放的音乐和原始自然的色彩，盖在金色光芒下的美丽与丑恶，结核病和梅毒，从树枝间穿出的火光有如发光的大脑，长在眼睛和嘴边的迷人坏疽，既孩子气又毫无价值的垃圾。他想要为这个营地做一点事情。没搞错吧？他来到葡萄牙后便一直假装自己不是医生，这也许是很聪明的做法，完全避开了那些生病或受伤的人。不管是发烧发得很离谱的露德斯，或被痛风狂击膝关节的托洛，就连罗莎偶然的擦伤和扭伤，他都交给当地的医生处理——而这个当地医生靠的只是几种在汉米尔顿眼中不屑一提的新药。尽管如此，他却希望为这个营地做点事。他想要医治它。

心灵和身体正在为战争而准备。占领白天醒着时刻的是身体，以其生活上的规律，以其极端的自我放纵。心灵则统辖夜晚，偶尔会凶猛攻击他的睡眠。他讶然惊醒，孤单一人置身于黑暗的包围中，先是痛哭，而后大笑出声；接着他会使用一下罗莎替他准备好的夜壶，然后回去倒头便睡，完全不理会刚刚的痛苦。在这心神不宁睡眠过程的某处，我察觉有种重新洗牌的行为正在产生，仿佛一切的坏都即将变好，仿佛一切的错都即将变对。坦白说，他这个最新开始重复的梦境，一言以蔽之，其实根本没有任何明显改进之处——他梦见他在一堆人类的骸骨上拉屎。但我也觉得它或许有相反的一面，可以有两种不同的解释……有时，在夜空全无半点星光的时候，我会抬头仰望，并油然升起那可笑的怀疑——这世界的运行或许很快就会合乎道理。

　　一个炎热的下午，在经历过一场简短但深沉的小睡后，我看见管家驾着那辆古怪的派克汽车[1]停在门外。几杯白兰地过后，他阴阴郁郁地告诉我们日本投降的消息。我注意到这时露德斯和安娜眼中都含着泪光，双手不停在胸前画着十字圣号。管家以哀伤的语气，对我说出他们这些单纯的家伙心中近乎迷信的恐惧：世界末日来临了！ *A bomba atomica*[2]……这消息让我震惊不已。他们终于这么干了！在这世界限制使用核武器看似已成理所当然之时，他们必须向前突破，干出这档事。他们忍耐不住，必须发动有限核战争……说来可能有点没礼貌，汉米尔顿突然决定带巴士托斯去散步，把所有人全留在屋内。当我们散步回来，管家已经走了，女人也都冷静下来。唯有巴士托斯，这只愚蠢的狗，还兴奋地在我脚边狂转，并用那令人心碎的眼神牢牢凝视着我。

　　寒意渐渐在这个家中升起，感情则慢慢淡去，这是必然的道理。罗莎仍在替我们做事，不过现在她已安全逃进了童年时期，汉米尔顿的目光已不再在她的脸庞、她粉红色的衣衫上游移。这样才是对的。现在我们可以快速地把头一点，微微做出一个略偏垂直线的动作，就能把视线从罗莎身上移开。我甚至连巴士托斯都不想念了，管它几个月前被管家带去何方。

1　派克公司（Packard）是第二次世界大战前全球豪华汽车产量最大的车厂，汽车工艺驰名远近。如今保存良好的派克汽车在全球剩不到一千辆。
2　A bomba atomica 为西班牙语，意为原子弹。

战争并没有向我们接近。战争并未汹汹涌进**我们的**村庄，而是我们将被安插进战争之中——以所谓手术式的精准。但没有人留意这点。

告别葡萄牙对他来说并非难事。他可以不带情感地离开这里的哀愁音乐[1]、节庆圣典、海港码头和管家茫然的张望，也能入境随俗，立刻融入这艘轮船的脏乱环境。的确，一路走来始终维持高尚优雅的汉米尔顿，如今已和船上这群蓬首垢面、任人摆布的群众几无任何差别。这里大概有二十个乘客（这艘船并不是载运旅客的交通船），我们待在一片混乱中，在船员的敌视羞辱下睡在长凳和甲板躺椅上。我们每个人都带着各自的行李家当，或各自的秘密，把它们当成爱人似的紧紧抱在怀中，而口中呢喃的则是欧洲各国的语言……在汉米尔顿的喉间，哽塞着另一种语言：它在他体内翻动，正准备往外显露……当然，我们并没有和任何人交谈：大伙早就放弃了语言，在彼此之间传递的只有叹息、颔首和蹙眉。这些人整天玩牌，他们全是社会的下层人士，与游民流浪汉无异。他们看起来是如此不堪入目，天知道这场战争为什么需要他们。我们至少还拥有黄金，就藏在衬衫底下的另一条腰带里，沉甸甸地发出向下坠的力道。

我一直认为意大利是我精神上的故乡，因此一开始对萨莱诺[2]有些失望。我们投宿在一家廉价的旅店里，店主一到白天

1 意指葡萄牙传统音乐"法朵"（Fado）。
2 萨莱诺（Salerno）：意大利城市，中世界曾是意大利四大港口之一，至今仍相当繁荣。

便把所有人驱赶在外，我们只好四处闲逛，把时间花在去教堂做礼拜或和意大利警察进行一些鸡同鸭讲的争吵。汉米尔顿这时已变了样，尽管以前在威尔普的时候他还算虔诚，现在却对教堂没多大兴趣。他坐在进门后最靠近他的第一排长椅上，而且每隔二十秒便斜眼往大门张望，还发出不耐烦的叹息声。一度他也曾走向祭坛，熄掉持在胸前的蜡烛，换得一点点零钱放进口袋里。他只瞄了一眼十字架上的基督：那具广受众人崇拜的躯体姿态像树枝般微弯，形象在恼人的烛火光影中不断更改变换，而在我们头上的则是一座不怎么引人注意的天文台。接下来我们又回到外面的广场，在**意大利警察**的环伺之下，观赏眼前这场属于**宗教**的哑剧。

有位哑剧团的成员强迫替我们安排前往罗马的旅程。藉由怪物般的黑色火车头，我们来到罗马市反教堂式的特米尼火车站，看见这座车站染上煤灰的玻璃，感受到地窖式的寒冷，闻到地壳或地狱屋椽的气味。我们大胆穿过这一片混乱，走在这里的街道上：男人穿着银桦树皮制成的鞋子，女人穿着宽松的上衣和披巾，孩童则赤身裸体浑身脏污。他们的脸孔看起来都是一样的，人人皆像正在前往医院的路上，仿佛生命是如此令人担忧，却又极具吸引力的奇怪，处处都一致呈现出令人目瞪口呆的景象。别担心，我想告诉他们，我们就要去改变一切了。不会有任何事物消失，只会有许多新事物出现。我们来到西西里纳路上的一座修道院（圣方济会的），在那儿等着我们的是诚挚的欢迎，和一顿简单的午餐。结束后，我们就又再度外出了。外出去哪儿? 还会是哪儿。当然是梵蒂冈。

在这里，我们的生活变得相当规律。一连九个早上，包括两个星期天，我们都会经过城垛，穿过花园，然后走进那几条摆满战利品的通道（摆满玻璃箱盛装的饰物和艺术品，吊有一张张长方形油画、挂毡和精心描绘的地图），才抵达等待室。我们的联络人是杜伊尔神父，他算是自己人，而且总是立刻接见我们，但即使如此仍无法避免让汉米尔顿在等待室里一连闲晃好几个小时。连续几个小时情绪紧张、沉默无语地坐在桌边，看着桌上花瓶里的花束，看着桌上盘子里腐烂的苹果。杜伊尔神父是爱尔兰人，他的脸上总散发着热气活力，而热力的来源则集中于他的鼻头：以此为核心，如髭须般的血丝向外延伸，似乎一路渗漏进他那看似充满悔悟的灰眼睛里。他的嘴巴也一样，那可怜兮兮的嘴巴，同样是个痛苦的场景。在我们刚进来的时候，汉米尔顿以充满感激的情绪迎接杜伊尔神父，并立刻交出我们的文件：我们那本小小的内森护照[1]、我们的葡萄牙签证，甚至包括我们在萨莱诺港口拿到的那张车票。尽管杜伊尔神父的态度看似充满希望和关怀，但这些事还是很花时间。时间在等待室里过去，就在注视那颗受损苹果的敞开果肉中流逝。

在我们待在西西里纳路修道院的这段时间，汉米尔顿似乎发下誓言要保持缄默。从我弄脏在盘子上的食物，可看出这个机构的特质：菜色简单，但营养相当均衡。我们各有自己的小房间，修道院到处都是像我一样的旅人，挤满一群以姓或名称

---

1 内森护照（Nansen passport）：第一次世界大战后由国际联盟发给无国籍者的一种护照。

呼的人（那时候，我觉得自己是**置身**在一堆名字之中）。梵蒂冈到处都是像我一样的恳求者，口中呼喊着"神父，神父"；欧洲各地或许皆有像我一样的人，正在调整自己的姿态，准备蹒跚步向战场。因此，我虽然寂寞，却并不孤独，如同其他地方的众人一样。惭愧之心加热了我们的房间，还有伏地挺身，还有祈祷。没错，祈祷。他的祈祷像一阵噪音，发出的目的只是为了盖过一个你无法忍受的思绪。要不是它太过单调的话，我还差点被他这突如其来的忍耐天分给打动感化了。单调的是恐惧，唯有恐惧，除了恐惧之外别无他物。为什么会这样呢？我们不是正准备去开始创造吗？然而，他却双手紧握，双膝跪地，在绝望的情绪下呜呜咽咽不清不楚地说着一些祷辞，祈求自己能获得保护。为了证明他的信仰，或为了证明某种信念，他甚至想尝试……你知道的：用那张椅子，用那条挂在屋梁上的腰带。但不用多说，这是不可能成功的。正如我稍早曾不嫌麻烦解释过的，这是你绝对无法办到的事。只要你一出现在这个世界，你就不可能这么做。

昨天我们在柳树后面的灌木林里找到一张相片——当时只是一堆碎片，我们将其还原。相片上是一张年轻女人的脸：黝黑、温柔、面露愉悦，一副坦然率直的样子。这张脸上看不出任何宽恕的表情。我想，相片中的这个人恐怕就是我们的妻子。

在这间等待室里的心情是多么沉重啊。坐在椅子上，待在桌边，用尽一个人所有的完美耐心，注视着那颗烂掉的苹果，看着它渐渐恢复健康。

"我们帮助的是那些有需要的人，"在我们最后一次的拜访时，杜伊尔神父这么说，"不会过问他们值不值得。"

"你相信你会尽力去做，"汉米尔顿说，"但这不是你最该做的事。"

"我会尽力去做。"

"我不能解释我做了什么，也不该恳求你帮助我。"

"嗯哼。"

"我什么都不是，我是行尸走肉。我只……我甚至不……"

杜伊尔神父坐直身子，而我也跟着这么做了。汉米尔顿以深沉而迥远的声音继续说下去，"我忘记了人类肉身的崇高价值。"

于是乎，道理，就这么跑出来了，而且来得又急又猛。过去它已在这里闷了太久，现在正是一股脑释放的时候。

"怎么说？"杜伊尔神父说。

"我们对人体完完全全失去了感觉，甚至包括孩童。再小的婴儿也一样。"

以那颗被晒伤的鼻头为核心，杜伊尔神父的脸向中央皱了起来。接着他才说："我懂。"

"你知道我处在何种环境，那时候的种种行为都是身不由己的。"

"我明白，我的孩子。"

"当时的情况是不可思议的疯狂。"

"过去的事就别提了。"

汉米尔顿连吸了几下鼻子，用衣袖把脸颊弄湿。"过去有些事情……"

"你说吧。"

"但我仍想得救，神父。或许……我可以多做点好事……"

"地狱？"

"我去过地狱。"

"当然，当然。"

"我罪孽深重，神父。"

"你看来一副忧心忡忡的样子，我的孩子。"

说到这里，汉米尔顿交出我们身上的好几本**通行证**，而杜伊尔神父则拿出新的文件交给他。在这么做之前，杜伊尔神父很费力地看了它们好几分钟，用布满血丝的眼睛专注地检查。接下来，我们进行一场告别前例行的寒喧与恭维，而神父主要恭维的内容是针对我那一口流利的英语。

在罗马的最后一晚，汉米尔顿和我住进加里波底路上一间颇为高级的旅馆，那里离监狱的高墙不远。这座监狱的墙壁是如此之高，让你不免猜想里面关的必定不是一般的意大利罪犯。我想象在这堵墙后的是一群穷凶极恶、道德沦丧之人，每个人都伤疤累累，身上随时暗怀凶器……在这家旅馆里我们甚至拥有专属的浴室，我们在浴缸中几乎美美泡了一个小时，洗刷胸膛，洗净双手。

本来以为我们的名字不会再有改变，没想到又变了一次。我得说，一开始这个名字还真让人有些惊讶。现在，我们的名字叫做奥狄罗·安沃多本[1]。

过去的痕迹已被洗净了，朝北方的旅程也获得了**庇佑**。我们马不停蹄往战场直奔，宛如大队接力跑者手中的短棒。

我们坐火车到博洛尼亚（在那儿我买来一双长靴），又搭卡车到罗韦雷托[2]；从那时起我们一天约走二十或二十五英里路，而且总有人陪伴或监控。我们从此村庄到彼村庄，从这个农场到那个农场，或徒步，或搭马车，或乘坐各式各样可笑的汽车。我的向导、司机带领我们所到之地是多么如诗如画啊，那泥瓦房舍，那杂色斑驳的石块，宛如黄昏和煦微风中的碎肉冻。绿草是多么兴茂，森林也如此多姿：在此时此刻，无论走到何处，大地皆覆盖着一片繁盛的植被，既厚实又美丽，而其底下的土壤也肥美沃腴。不像**那里**，不像**过去**，全都是补丁和麻点。这块土地是纯真的，它什么事都不曾经历。

三月份和二月份我们都在勃伦纳[3]度过，在那里住过三个不同的农庄。居住环境虽不理想，但这样的安排倒颇适合禁欲，有助于内心的安顿。就个人而言，我比较渴望和他人打打交道，或找机会做点运动（例如一次尽兴的徒步漫游），但奥狄罗不这么做显然自有他的理由。他这几个星期

---

1 奥狄罗·安沃多本（Odilo Unverdorben），此姓名可能有其背后意涵：奥狄罗（Odilo）为古德国名字，意为"战场上的运气"；安沃多本（Unverdorben）则为德语形容词，意为"未受破坏和未腐败的"。
2 罗韦雷托（Rovereto），为意大利一城市。
3 勃伦纳（Brenner），奥地利和意大利边界城市，是穿越阿尔卑斯山的最低，最重要隘口之一。

以来啥事也不干，只待在干草棚和牛舍中，盖在一堆毯子下一边发抖一边祷告，必然也有他的理由。我们清楚听见黄昏和黎明的呢喃，听见狗的吠声，却未听闻与战争有关的传言。在我们再度开始北进之旅的那日，空中漫布着雪花。大地上有太多积雪，因此大雪持续了好久，片片雪花自冰霜中复原，像洁白的灵魂般——升回天堂。藉由吉普车和卡车的载运，我们快速越过中欧的城镇和都市。许多城市都是一片焦土和废墟，正在等待战争到来为它们收拾。那些污黑的建筑物，正等待烈焰来为它们着色。至于那些受到伤害摧残的人们，也翘首等待军队的铁蹄。欧洲在夜晚狂烈翻搅，人群如一波波浪涛，围绕在车站候车室的各个暖炉旁。不管我去到何地，总有些人一见到我的脸便露出充满活力与愉悦的表情，他们还拿黄金赠予我。

我知道这些黄金是神圣的，而且对我们的使命来说，是必不可缺的东西。因此，在我们停留的最后一站，在离维斯杜拉河[1]不远的最后一座农场（我们在那儿住得又舒服又温暖，那里既有孩童的脑袋可轻拍可抓搔，火炉前又有松软床垫），在那儿，我们埋下了黄金。我们发下最感人最庄严的誓言，把这袋碎金埋在谷仓后的一座肥料堆底下。当然，这只是个象征性的行动而已，黄金只是暂时回归大地——事隔五天，在那座肥料堆消失之后，我们便又把黄金挖了出来。当他发誓之时，奥狄罗召唤来人类的粪便，而这东西正如我们所知，是人类所有

---

1 维斯杜拉河（Vistula），发源于喀尔巴阡山脉，经波罗的海注入波兰的河流。

有用之物的终极来源。

　　我不知道问过自己多少次：这世界的运行何时才会合乎道理？现在，这个答案已经出现了——它正越过那崎岖不平的大地，快速朝我这里飞奔。

5　这里没有为什么

这世界的运行就要开始合乎道理了……

现在，我，奥狄罗·安沃多本，抵达了奥斯威辛集中营。在摩托车风驰电掣、泥雪飞溅之下，我匆匆来到这里，此时苏联的那些共产党人才刚搭上火车，展开了撤退行动。**现在**，还会有秘密的乘客坐在摩托车后座或想象出来的跨斗里吗？不会有了，我只有独自一人，而且身上还穿着全套制服。在拉格啤酒之乡[1]南部的一个没有屋顶的谷仓内，我脱下粗糙的旅行用衣裳，感伤地穿上黑皮靴、白上衣和羊毛衬里夹克，戴上大盘军帽和佩挂手枪。那辆让我一路狂飙的摩托车，则卡在附近的一条水沟里。噢，我奔离那里的情绪是多么激昂啊，怀有无比渴望，带着无比胆识……现在，我骑在这台大机器上，以戴着手套的手急急加速发动机。环绕我的是奥斯威辛的土地，连延千里，大小完全和梵蒂冈相反。人类的生活在此全被撕烂扯碎，不过我却是好端端的，为了某个不可思议的原因而来到此处。

你的肩胛骨仍在震荡，因为俄国人在匆忙东去时还发射了不少炮弹。他们在这里干了什么好事？他们做出了让人无法接

_____

1　指捷克西部地区。

受的行为：当发现大势已去，他们便这么干了。这让我立刻起了冲动反应，而且坦白说，我已经无法控制自己的情绪了。我开始大吼大叫（声音听来既痛苦又愤怒），但我在对谁吼叫呢？对着如挂衣钩和小提琴弦弓的铁丝网？对着这排成长长一串的疑问吗？我向前急行，边前进边狂吼；我越过一座桥梁，沿着铁轨进入白桦树森林，来到这个我日后才知道叫做比克瑙[1]的地方。在一间马铃薯仓库内不安心地稍加休息过后，我走进妇女医院，决心好好检查一番。这个举动并不适当，我马上就看出来了（就像一次不省人事的昏厥），我的到访只让那里的少数几个护理员惊慌失措，至于病人们就更不必说了。她们三个或两个挤在一个草袋上，体型离成熟女人还远得很，而这里的老鼠竟然像猫一样大！令人震撼的是，我的德语能力冲进而出了，仿佛沉默了千百年的愤怒在此时瞬间爆发。在厕所里，我又见到另一个怪异的景象：马克和芬尼[2]被人用粪便当黏合剂贴在墙壁上。错误，完全不对了，这样做有什么意义呢？粪便，到处都是粪便。就连在我回病房的路上，在经过溃疡和水肿患者、经过梦游病患和呓语者时，我都能感觉到粪便在我黑皮靴底下饥饿地吸吮。户外全都是这种东西，而这种属于人类资产的东西，在和平时期（而且是文明的地点）会被很讲究地局限在水管和下水道里，藏在地下，不被看见——不过这东西最后还是会破堤而出，汹涌奔流，向上流至地板、墙

---

1 奥斯威辛集中营有数个营区，比克瑙距离奥斯威辛集中营约三公里，又称奥斯威辛二号集中营。纳粹屠杀犹太人的"最终灭绝计划"主要在此营区进行。
2 马克和芬尼，为德国之前的法定货币。一马克等于一百芬尼。

壁，抵达生命的上限。当然，我无法立即瞧出它的逻辑性和正当性，不明白人类的粪便为什么会在此刻出现在各个空旷处。不过我们会有机会探索粪便这东西的真正能干啥。

来到此地的第一个早晨，有人替我在军官餐厅里准备了简单的早餐。他们端来不是由我制造的火腿和芝士，还送来冰凉的苏打水。虽然我既不吃也不喝，感觉却相当平静。餐厅里除了我之外，只剩另一位军官，尽管我颇渴望练练德语，可是我们却没有交谈。这个人拿咖啡杯的方式像娘儿们一样，用双手紧紧圈住杯子，以求温暖——你可以听见瓷杯和他牙齿所敲出的摩斯密码。一连好几次，他起身带着某种平静走向厕所，不久后又匆忙奔回来，很不文雅地瞎摸着腰间的皮带。关于这点，我很快便发觉这是一种适应水土的行为，因为在一开始的这几周，我自己也很难得能脱离厕所的马桶。

在我那宁静寝室的床边地上，铺有一块浅橘色的踏脚垫。当我从外头进来时，这块脚垫会迎接我那双微微潮湿的德国脚；当我下床时，这块脚垫也一样迎接我那双微微潮湿的德国脚。

在两星期内，营区里的人开始变多了。刚开始是一小撮一小撮出现，然后是一整批一大群。这些情况我是透过一个窥伺小孔观察到的，这个小洞位于那栋面向白桦树林的废弃补给小屋里的一个工作台下方，在此我有毛毯、有莳萝利口[1]酒瓶以

---

1 莳萝利口酒（Kümmel），为一种甜酒，以小茴香或葛缕子调味酿成，为德国、荷兰、波罗的海地区的名产。

及一串念珠——我把它当成算珠用来统计总共有多少人进入这个营区。我回想起，当我往北走经过捷克东部时，也曾在那里的欧维科夫和奥斯特拉瓦城看过几个类似这样的队伍。那生机勃勃的旅行，那令人心旷神怡的气温，统统都对人有极大帮助，尽管他们表面的情况，在抵达这里之时，仍有极大的空缺需要填补。然而，**他们的数量仍不足够**。仿佛一个被尺度问题折磨、充满悬殊比例难题的梦境，这些人的数量即使成百，甚至成千，也无法填满集中营的豁然大洞。这里极需要其他来源，极需另一群精力充沛的人……在冬日过去一半之后，我离开补给站出来冒险（我的摩托车仍藏在那里，很神经质地，我不时便会过去检查一番）。军官俱乐部现在比较热闹一点了，而且一直都有新来的人。这种感觉很奇怪……不，应该说感觉很好，因为我们全都熟识彼此，好像这是完全不由自主的：我们聚集在此，全为了一个不可思议的任务。我的德语能力开始运作，仿佛一场梦境，又似一个优良的机器人，你只需打开开关，便可退后一步欣赏它自动完成艰巨的工作。胆量也正在陆续抵达中，它们藏在各单位人员笔挺的制服下，无论数量还是勇气的绝佳性，都正适合支持我们所面对的这个任务。这些人是多么英俊啊，我指的是他们的肩膀，和他们那漂亮的脖子。在第二个星期结束之时，我们的俱乐部里已充斥着刺耳的歌声和放肆的狂笑，一片热闹景象。有天晚上，我冲出俱乐部门口，撞倒一位同僚，径自奔进雨雪中，厕所全都被人占据，而当我蹲下来，把脸颊贴在冷冰冰的木板墙上时，我凝视着奥斯威辛烟雾朦胧的影子，看见最接近的废墟正冒着烟，浓度胜过以往，后来甚至开始爆炸。空气弥漫着一股崭新的味道。一种甜美的气味。

我们需要奇迹，才能解开周遭一切的奥义，然而这一切却又不允许我们沉思：我们需要一个神祇般的人物——某位能把这个世界加以反转的人。很快地，这个人到来了……他的块头不高，仅是一般人的身材；他有种冷酷的美，真实，还有一双自我陶醉式的眼睛；他优雅，举手投足皆流露出慑人权威；还有，他的身份是医生。没错，他是一个单纯的医生。他登场的气势非凡，我很乐意陈述那时的情况：一辆白色奔驰汽车自白桦树林间飞掠而至，他从车上下来，跳进他那件长大衣之中，旋即匆匆走过场院，边走边大吼大叫着指挥下令。我知道他的名字。当我带着杜松子酒和卫生纸，从补给小屋望出去时，我嘴里喃喃念着："佩皮叔叔"[1] 这个名字。当他站在那儿，双手插腰，他面前的那堆废墟和残骸便开始冒出火光，颤抖起来，而他就这么看着，从浓烟中聚集权力和能量。我缓缓转过身，感觉那迅速而猛烈的灌注补给过程。随后，在一声叫喊中，我连忙把眼睛凑回墙板小洞，而那儿的浓烟已不见踪影了。在"佩皮叔叔"所站之处，在他弓着举起的一只手臂的前方，只矗立着一栋实用的建筑物，造得如此完美，连它的色彩、连一旁路边那低矮的栅栏也都具备了，甚至还包括门口上方那大大的牌示：*Brausebad*[2]。"淋浴室"，我轻声说，恭敬

---

1 "佩皮叔叔"（uncle pepi），指恶名昭彰的德国纳粹亲卫队军官和奥斯威辛集中营的医生约瑟夫·门格勒（Josef Mengele）的昵称。
2 Brausebad 为德语，意为"浴室"。

地配上一口烈酒，但"佩皮叔叔"很快就走开了。那天早上，当我躺在补给小屋的木头地板上，因先有预感而牙关打颤之际，我听见五次以上的爆炸声，空气中的震波被迅速吸收和聚合。隔天，我们就准备好开始工作了。

是什么让我知道某些事情是对的？又是什么让我知道其他事情全是错的？当然不是我的审美观点。我绝不会说奥斯威辛-比克瑙-莫诺维辛集中营是美观好看的，而且无论从听觉、嗅觉、味觉或触觉各个角度，都与美好扯不上边。在此地，我的同僚们普遍抱持着一种想法，那就是对高雅的追求。我懂这个词汇，知道此词汇的执着：高尚优雅的行为。然而，我并非因为高雅，才去喜欢那因灵魂聚集而红得骇人的夜空。创造是容易的，但同时也是丑陋的。 *Hier ist kein warum* [1]。这里没有为什么，这里也没有"何时"、"如何"和"何处"。至于我们那不可思议的任务是什么？是凭空创造一个种族。是利用气候造人，是利用雷声和闪电造人。是利用气体、电力、粪便和火焰造人。

我，或是像我这种阶级的医生，在这过程中的各个阶段都必须在场。我们无需了解为何这些火炉如此丑陋，丑到无以复加——一座八英尺高、由铁锈制成的坚固庞然巨物。组成这个机器的组件是滑轮、柱塞、炉架和通风口，谁会想用像这样的火炉来煮饭？……那些病人，被放在一个类似担架的装置上送

---

1 德语，译成英文为：there is no why here。意为"这里没有为什么"。

出来，仍处于无生命的状态。这里的空气污浊，并因创造行为所产生的磁性热而扭曲。而后是那间寝室，一具具人体被小心地堆栈在那里。从我的观点来看，这样的排法并不太合乎常理。婴儿和孩童被堆在最下层，接下来是妇女和老人，最后才是男人。我总觉得这种排法应该倒转过来比较好，因为那些被压在最下面的年幼孩子，肯定会有被重量压伤的危险。但是，这样的做法竟然是可行的。有时候，我会透过窥视孔监看整个行动的过程，脸上的表情时而微笑，时而皱眉。当那看不见的气体从通风孔被引进密室后，通常还得再等上好一段时间。死者的身体也有其肢体语言，可是这些死者看起来是如此沉静，什么话也没说。不久，第一个骚动开始发生了，这时候的我总是感到极大的安慰。然而，接下来的画面就又丑陋了，但这也是没办法的事，毕竟在生命的两个端点上，我们只能全身赤裸地哭喊和扭动。我们在生命的首尾两端号啕大哭，这都是在医生的注视下进行的。而眼前的局面是我——奥狄罗·安沃多本负责的，是我们亲自拾起齐克隆 B 药丸，拿给药剂师放进他们的白外套里。紧接着，在淋浴室外面的漂亮的花园小径上，有为庆贺他们的蜂拥而出所举办的盛大音乐表演（这里有标号座位和寄物牌，有用六七种语言写成的告示）。幸好，这样做的目的只是为了让他们安心，而不是为了净化。

衣服、眼镜、头发、拐杖义肢等物品，都是随后才送来的。这完全可以理解，不过为了避免不必要的痛苦，牙齿方面的工作通常在病人还没活过来之前就得完成。负责此任务的是

"卡波斯"[1]，他们使用刀子、凿子或任何拿得到手的工具，动作粗鲁却十分有效率。当然，我们所使用的黄金大部分是直接来自**德意志帝国银行**，但这里的每个德国人，即使是阶级最低微的，也很乐意提供自己的储金——除了"佩皮叔叔"，我可以说是捐赠数量最多的军官。我**早知道**我这些黄金必有其神圣的功效。这些年来我不断搜集储藏，只抱持一个坚定的信念：为了犹太人的牙齿。那成堆的衣物是帝国青年团所捐献的，至于要替犹太人接上的头发，则来自纽伦堡附近的罗斯镇上一家善心的纺织厂。这些物品装满了运货车厢，一车接连一车地运来。

说到这里，我还是得提一下当时发生的一种现象，尽管诸如此类的现象并不应该发生。在淋浴室里，病人最后都会得到我们供应的衣物（虽少有干净的，但至少剪裁一定合身），就是在这个时候，我们的卫兵会有碰触这些女人的习惯。当然，有时候卫兵碰触她们是为了馈赠一点小礼物，比方说珠宝、戒指之类的东西，却也有很多时候这类碰触是毫无理由的。话说回来，我认为他们的理由实在够明显了，那是出自德国人无法克制的态度：轻佻、嬉皮笑脸。奇怪的是，他们只对生气的女人这么做，而且效果奇佳，能立刻让她们的情绪平静下来。只要轻轻一碰，她们便和其他人一样，马上变得麻木和毫无知觉。（虽然她们有时候会哭喊，有时会用轻蔑不屑的眼神瞪视我们，但我明白她们的处境。我是有同情心的，完全能包容这

---

1 卡波斯（Kapos），指集中营中从罪犯中挑选出的管理员。

一切。）对女人的碰触可能是一种象征。生命和爱情都得继续下去。生命和爱情都必须强而有力且理由充足地继续下去；因此，这就是我们的价值所在。尽管如此，这里还是有残酷的氛围存在，强度惊人，宛如一种创造性的堕落……

我不想碰那些女孩的身体。众所皆知，我并不赞成这样的侵扰。我甚至连看都不想看她们——那些光着头的、睁着一双斗大眼睛的女孩。她们才刚被完成，刚诞生的她们一切都还生嫩。为此，我开始**有点**担心了起来：我的意思是，我这种挑剔的个性还真非常的出人意料。尽管眼前的情况复杂，而且这些女孩往往跟父母站在一起，甚至还跟祖父母站在一起（有如一场半途萎靡的春梦），但这无法解释为什么眼前的视觉引不起刺激，而军中妓院那些女人却又能让我欲火焚身的原因。不对，我想这一定和我的妻子有某种程度上的关联。

我们使用气体和火焰，处理绝大部分的女人、孩童和长者。当然，男人也一样需要处理，只不过他们走的复原途径并不一样。写在营区大门的 *Arbeit Macht Frei* [1] 这几个大字，坦荡无私说得明明白白，男人必须为了换取自由而工作。现在他们开始出发了，在秋天的暮色里，在乐队的演奏声中，这群男性病人穿着轻薄的睡衣前进。他们排成五列，脚上穿着木头鞋子。你瞧，他们用头部做了一件事，他们把脑袋向后仰，达到脸孔几乎与天空保持平行的地步。我也试着这么做了。我试了

---

1 德语，意为"工作换取自由"。

一下，却无法办到，我的脖子根处被团肉卡住，而这群男人们可没有。他们初到此地时简直瘦得吓人，你根本没办法拿起听诊器伸向他们。他们的肋骨如桥梁般一根根浮起，心跳的声音微弱得像来自远方。

他们就这么前进，把头拼命往后仰，走向每日要做的工作。一开始我还搞不懂为什么，但现在我知道他们为何这么做了，知道他们为何把喉咙拉长绷紧成那副德行。他们在寻找灵魂。寻找他们的母亲和父亲、他们的女人和小孩的灵魂——这些灵魂聚集在天上，等待适当的人体结合……维斯杜拉河上方的天空布满繁星，现在我可以直视它们了。它们再也不会刺痛我的眼睛。

关于家族的团圆以及婚姻关系的安排，有一个著名的名称：**月台上的挑选**，这是集中营例行的高潮活动。众所周知，奥斯威辛的成功之处基本上是出于组织：我们发现人类的心中藏有神圣之火，便立即盖了一条高速公路奔向那里。但是，该如何解释那些在月台上发生的神圣时刻呢？在这个特别的时刻，那些虚弱、稚幼和年长者从淋浴室出来走向车站，全身上下完好如新，而在此同时，他们家庭中的男士们也恰好完成劳动契约所指定的工作，奔向月台，顿时安抚了所有人的情绪。的确，月台上的他们外表是有一点点狼狈，但在经过劳苦工作和严格的食物管制后，他们一个个都恢复了健康和强壮。就像媒人一样，我们的字典里并没有**失败**这个词；在月台上，令人惊艳的成功已廉价到像口水一样泛滥。当这些人找到家人团聚之后，在我们慈悲为怀的目光注视下，他们彼此以目光紧紧相连，双手也紧紧相携。我们举杯为他们庆祝，一直闹进夜里。演奏手风琴的是营里的一个卫兵，他曲膝摇腿和着节拍，但事实上我们全像朋友一样喝酒。这是在月台上举办的男士派对，而**卡波斯**们则像新郎最好的朋友，簇拥着新人进入等待的马车——布满新鲜垃圾和粪便的车厢——好让他们启程回家。

不得不承认，在奥斯威辛这个世界，拥有强烈的"粪便中心"倾向。它是由粪便**制造**出来的。在来到这里后的头几个月，当我尚未明白这种实践过程的奇异基本特性时，我仍得努力压抑自己对粪便天生的厌恶感。后来我总算开窍了，就在我看见那个犹太老人浮在大粪坑的那天起——我看见他在粪便中活过来拼命挣扎，而一旁欢天喜地的卫兵则连忙将他拉起，他身上的衣服也刹时在泥泞中恢复洁净，随后他们便替老人把胡子接上去。此外，我还发现观看**挑粪大队**工作对改变我的观念也颇有帮助。这个团队的任务是从水肥车上卸下粪便，填满各条粪沟；他们并不使用水桶之类的容器，而全凭一把扁平的木头铲子。事实上，营里许多劳动计划是很明显缺乏生产力的，但这倒也无伤大雅。填补那个洞，再把它挖开；搬走那个东西，再把它搬回来。这种治疗方法已成为当前主流……**挑粪大队**是由我们最有文化水平的病人组成的：学者、拉比[1]、作家和哲学家。当他们工作时，嘴里唱的是咏叹调，口哨吹的是交响曲的一部分乐章，背诵的是诗词，谈论的人则是海涅、席勒和歌德……在军官俱乐部，当我们在喝酒时（我们好像老是这

---

1 拉比，指犹太教的法学博士，法师。

么做），粪便这个字眼总是不断被提起和引用，有时还甚至把奥斯威辛比做"世界的肛门"。我觉得，再也没有比这句话更好的赞辞了。

关于营区里的隐语，我还可以举出许多颇有意义的例子。最主要的焚化间被称为**天堂区**，而外头那条大路则叫**天堂路**。"寝室"和"淋浴室"的意思是大家都知道的，但它们还有另一个效果更强的名字："**中央医院**"。我们到那里执勤，无论任何季节，都会说去**避暑**，因为夏天的氛围很容易让人联想起一个能远离不恰当现实的漫长假期。当我们的意思是**不行**时，我们会说**明天早上**——意思就像西班牙人说 *mañana*[1] 一样。那些最消瘦的病人，整张脸只剩一个围绕住眼睛的三角形骨架的患者，我们会用葡萄牙语称呼他们为 *Musselmänner*。我刚开始的想法有点错误，因为这个字眼并不是 *musclemen*（肌肉男）的反讽，而是由于他们消瘦的臀腰和双肩，让人联想到穆斯林——祷告中的穆斯林。当然，他们不是穆斯林，他们是犹太人，所以我们已经成功改变了他们的信仰！至于什么时候要改变犹太人的信仰？——明天早上。这种说法总能在那些男性病人中激起一阵骚动，但我们却宽大为怀把它叫做**厕所言谈**，意思是说这当然只是谣言和蜚语而已。

Hier ist kein warum……令人失望的是，我的德语并没有什么长进。我能说，显然也能听得懂，可以接受或下达命令，但在某种层次上就是无法融入。我的德语能力比葡萄牙语好很

---

1 mañana 为西班牙语"明天"之意。西班牙人不习惯直接说"不"，他们会用 mañana 一字，代表"稍后"、"今天不谈"或"以后再说"之意。

多，想必英文口语一定让我花了不少时间学习。依我看，德语是一种很滑稽的语言，它有一个特点，每个人都用吼叫的方式讲这种语言。他们吼出的全是很长的字眼，完全是直接表达，像一堆玩具积木的累积。它听起来咄咄逼人，每句话都以动词开端，而且总是使用第一人称单数： *Ich*（我）。*Ich* 听起来并不是个能鼓舞人心的大师杰作，不是吗？英语的 *I* 听起来多么尊贵堂皇，法语的 *Je* 有一种力量和亲切感存在。葡萄牙文的 *Eu* 还算可以，西班牙文的 *Yo* 我也颇能接受。但是 *Ich* 呢？它就像一个小孩弄出来的声音，当他看见自己的……也许这就是一部分的原因。毫无疑问，等我的德语一旦变好，一切就都会变得清清楚楚。我的德语何时会变好？我知道时间——明天早上！

军中妓院坐落的地点很适当，它远离"实验区"（那里的窗户永远被封死或被钉上木板），藏身在偏僻的角落里。在那儿，我改变了这辈子以来的情色行为，过去种种旧习惯几乎都彻底消失了。我对女性的态度以太过小心谨慎而出名，这可能因为我已意识到婚姻关系而产生的影响（我的同僚经常拿这点开玩笑，这才提醒了我），也可能是集中营这里的风气改正了我的行为，或者我只是单纯厌倦了女人的脸。总之，现在我所挚爱的——如此迅速，如此匆促，如此无助，如此绝望——已完全倒向那宇宙万物赖以维生和结果的根源。那些光头妓女不会付钱给我们，而我们也不问原因。因为，这里没有为什么。

还有一个集中营用语，流传得相当广，而且可用于各种形式：它念起来很像 *smistig*，但后来我才知道这是两个德文名词的结合： *Schmutzstück*（垃圾）和 *Schmuckstück*（珠宝）。还是一样，这又是一种反讽， *smistig* 的意思是："结束"、"终止"和"了结"。

我开始和我的妻子通信，她的名字叫做荷姐。荷姐的信都是用德文写的，它们不是来自于火焰（*das Feuer*），而是来自于垃圾堆（*der Plunder*）。我给荷姐的信则是由勤务兵拿来的。一到晚上，在此处，在这个安静的房间里，我奋力一个字一个字把它们擦掉，还原成一张张完好如初的白纸。只是，这是为什么呢？我的信也是用德文写的，虽然也有一点点英文夹杂其中，但那只是装腔作势开开玩笑罢了。我觉得这样做很有道理，透过这种方式，荷姐和我可以慢慢了解对方。我们的关系是从做笔友开始的。

从信中内容看来，我的妻子已起了疑心，开始怀疑我们在这里所做的一切。

很明显，这种误会当然必须加以澄清。除了这点，信中还提到关于婴儿（*das Baby*）的问题。"亲爱的，我的至爱，我的一切，我们还会有其他婴孩的，"我这么写道，有点让人摸不着脑袋："未来还会有一大堆小婴孩。"我不太喜欢看到这种话。信上说的婴孩——*das Baby*，会是"炸弹婴孩"吗？会是那握有极大能量、权力超过父母的婴孩吗？我并不这么想。我们的婴孩（他有名有姓，叫做"伊娃"）所展现的力量仅限于一个**谈论的主题**，至于那个黑暗房间里的炸弹婴孩，他所展现的则是一种实质的力量，强度胜过父母、胜过聚集在那里的所有人：超过三十个以上的灵魂。

我拿出她那张相片，那张在罗马的修道院花园里找来的相片，仔细端详相片中的她。夜晚我的双眼总是噙满泪水，白天我则让自己全心投入工作。我很想知道，我身不由己被请来付出的这种奉献，会不会有结束的一天。

到处都是"佩皮叔叔"。每当有人提到他，十之八九便会说出类似这样的话。例如："他好像随时随地会出现"，或"这家伙总让人有如影随形的感觉"。甚至，更简单的说法是："'佩皮叔叔'无所不在。"不过，"无所不在"并不是唯一一个让他臻于超人境地的特质。为了奥斯威辛，他还保持超乎众人想象的干净习惯；每当他在场时（而他总是无所不在），我总会感觉自己的下巴刮得坑坑洼洼不够干净、脑袋上的短发不够服帖、身上的军服不够合身挺拔，还有那双皮靴也擦得不够光亮。他的脸形似猫，额头宽大，眨眼睛的方式就像任何一只猫一样缓慢。在月台上，他展现出极富魅力的形象，举手投足皆是一连串优雅动作的组合，流露出一种超凡入圣的感觉。尽管"佩皮叔叔"不常与人接触，但他仍能展露出最谦逊的态度，而且几乎可以说是平起平坐式的——当然，这种态度并不常用在对待像我这样的毛头小子，主要是对待营里几位年资较深的医官，例如西洛和韦尔思[1]。不过，我获得的待遇还是与其他人不同——我经常奉命协助"佩皮叔叔"，先是在

---

[1] 西洛（Heinz Thilo, 1911～1947）和韦尔思（Eduard Wirths, 1909～1945）皆为奥斯威辛集中营的德国军医，协助门格勒执行残忍的实验和灭绝犹太人的任务。

二十营舍的一号房工作，而后又转到第十营舍。

我认得一号房，它曾出现在我过去的梦境里：吊在挂钩上的粉红色橡胶围裙，各式实验器皿和真空瓶，血淋淋的棉花，半品脱的大针筒和特长的针头。我曾这么想，在这个房间所进行的肯定是一些恐怖至极的事。但梦境总是靠不住的，总爱逗弄现实，开它的玩笑……那些已露出生命迹象的病人，被我们一个个从隔壁那堆人体中抬出来，带进一号房，将他们安置在椅子上。这里果然是个有模有样的健康研究机构，一个充满瓶罐和梦幻的世界。我们有两种使用注射器的方式，一种从静脉，另一种由心脏。"佩皮叔叔"倾向支持后者，为的是它既有效率又人道。我们两种方式都会使用。心脏法：病人用毛巾蒙住眼睛，右手放在嘴巴里以忍住叫声，针头旋即从最准确的第五道肋骨沟间缓缓插入；静脉法：病人把手臂放在桌面小枕上，绑上橡胶止血带，让静脉清晰可见，针头拔出后，再用酒精轻揉。有时候，"佩皮叔叔"会朝他们脸上甩几个巴掌，强迫他们快点恢复意识。那些尸体是粉红色的，带有蓝色的淤青；致命的物质也是粉红的，但是略带点黄，被装在标有**苯酚**的玻璃瓶里。像这样的一天过去后，你穿着白外袍和黑皮靴缓步踏出营舍，带着熟悉的头痛、悲伤的雪茄烟和喉中凝聚的早餐酸气，此时，连东方的天空看起来都像苯酚的颜色。

领导的人是他，跟随的人是我们。苯酚工作成为首要任务，我们所有人都得投入所有时间去做这项工作。直到后来，我在第十营舍看见"佩皮叔叔"展现出的本领后，这项工作才告一段落。

我的妻子荷妲第一次造访奥斯威辛是在一九四四年的春天。很不凑巧，那时我们正在处理匈牙利犹太人，而且以飞快的速度进行，一天大约一万人。另一个不凑巧的是，由于我几乎每个晚上都得在月台上执勤，结果变得有点机械化，而**挑选**工作这时又是用扩音器进行（因为交通载运量过重），让我们没什么事情可做，只好和同僚们站在那儿，边喝酒边喊叫——所以我无法满足荷妲，无法满足那种每个年轻妻子在久别之后皆有的渴望……等等，我还是换个方向讲这件事好了。

为了她的到来，我把一切事情都准备好了。韦尔思医生还是一样老谋深算，特别为我空出他宿舍旁边的小屋——这是一间很舒服的房子（有专属的厨房和浴室），在窗上的蕾丝花纹图案窗帘之外，是一道高大的白栅栏。在栅栏外，看不见的地方，才是集中营里那刺耳但无害的声音……韦尔思医生目前与老婆和三个小孩同住，我希望荷妲能花点时间，陪韦尔思的小孩玩玩，尽管那可能会有一点点触景伤情的问题……我坐在沙发上，无声地哭泣；我心想，我多么希望奥斯威辛能更美丽一些啊，即使一时也好，而不是像这样炙热无风、成群苍蝇在沼泽地上乱舞的模样。就在这时候，有公务车的声音向这里接近，我走出屋外到前院，站在淡棕色的天光下。我在期待什么？我猜，是那熟悉的尴尬场面吧？丑话、责备、哀恸……也许，甚至还加上几个发自虚弱拳头的虚弱捶击。在爱情活动的过程中，多多少少都得面对上述这些行为，也许是在第一个晚上，也许是第二天。爱情这种**事通常**都是这么开始的。我并不指望真相的揭露，真相是我最没做好准备接受的事情。我早该知道的。毕竟，在奥斯威辛这个地方，这个世界已有了一个新的习惯——凡事都合乎道理了。

当她钻出公务车时，驾驶员的脸看起来一副感伤的样子。她从前院小径一路走来，然后转了个身，以正面向着我。她看起来和那张相片一点都不像。在相片里的那个女孩，那张脸是无忧无虑的。

"你给我的感觉像个陌生人。"她说。陌生人，德文是这么拼的：*Fremder*。

"求求你，"我说，"我求你，亲爱的。"请求：*Bitte*。亲爱的：*Liebling*。

"我不认识你。"她说。*Ich kenne dich nicht*。

在我替她脱下大衣的时候，荷妲一直低着头。此时，我感觉有某个东西围绕裹住了我，某种为我量身定做、像西装或制服那样合身的东西。这东西不是现在我身上所穿的衣物，却拥有以悲伤制成的衬里。

她疏远的态度果然是难以突破的。我们默默共享午餐，几乎一句话也没说。荷妲笨手笨脚地使用沉重的金属刀叉和瑞典制的玻璃餐具。等服侍我们用餐的人员一走，她便起身坐在沙发上，盯着地上那张漂亮的地毯。我过去坐在她身边。我刻意装出不经心的样子对她大献殷勤，她却丝毫不为所动，让我很难和她展开任何话题。坦白说，那时候我感觉自己的身体也很不舒服，而且程度随着晨间时光的流逝而逐渐加重。接下来的情况是一塌糊涂，在我急急冲进那间狭小但发着回响、弥漫着水流声和臭气的浴室后，我带着一点怨恨的情绪躺上了床，连衣服都懒得脱。闭上眼再醒来已是凌晨四点了，我发现自己仍穿着靴子，而她则躺在我旁边，整个人紧紧裹在羊毛睡袍里，边挣扎边低声喊着 Nein. Nie. Nie：不要、不要。没有任何爱抚或拥抱（或善意的玩笑）可以软化她。于是我翻身下床……哎哟！……接着又从地上爬起来，而荷姐这时已经睡着了。即使在没有任何思想和知觉的活动下，她的脸看起来仍是如此雪白和冰冷——我记得，这是当我跟跟跄跄出门前往那喧闹的月台时，悬在心中的唯一想法。

我们所进行的是人类的事业，但动物王国也参与了这新秩序的一部分工作。从尸坑中移出的躯体装了满满一车又一车，负责拉运的是骡子和公牛，而它们很愚蠢地，竟然连一句怨言也没有。在牧场上吃草的乳牛连头也不抬，漠不关心的态度似乎在说：**这没啥大不了的，根本不值一提**。仿佛从河上的天空召唤大批灵魂是一件稀松平常的事。我们也养了兔子，照顾它们的方法差不多和对待那些人一样，方法虽即兴，结果却是空前的成功。许多人都拆下大衣内部的衬里，提供皮毛给这些小动物。除了兔子，我们当然还养了狗，一群拳师狗：它们的脸皱巴巴的，短而厚密的皮毛上佩挂着随处可见的万字符号。为了对犹太人表示敬意，它们用利齿、鼻息和下颌的颤动，替他们治疗身上的伤口。

在军官俱乐部里，有人告诉我（我想我的理解应该没错）：

犹太人是从猴子（*Menschenaffen*）变来的，和斯拉夫等其他民族一样。相对地，德国人的祖先则是在太古之初，从亚特兰蒂斯大陆失落之时就被封困在冰雪中的民族。这还真是个好消息。一支隶属于 *Ahnenerbe*[1] 的气象单位，早已开始对此进行调查。表面上，这些科学家是在研究长期气象预报，但事实上，他们始终想证明的是"冰宇宙论"[2]。

　　这倒是似曾相识。亚特兰蒂斯……双胞胎和侏儒。*Ahnenerbe* 是 *Schutzstaffel* 的一个部门。*Schutzstaffel*：国防部；*Ahnenerbe*：祖先遗产基金会。"佩皮叔叔"所收到的那些头颅和骨骼，就是从这个基金会寄来的。

　　对于女性，我已是个中老手，她们的招数我一点也不陌生。但我很失望，真的非常失望，我和荷姐相处的第二个晚上，并没有比第一天好到哪儿去。甚至，可以说完全没有差别。婚姻关系的冰宇宙论，难道没有任何办法可以融化吗？缺乏一开始的吸引力，慢慢熟悉起来的理想就不可能实现了。不过没关系，我心想，就等第三天或最后一个晚上，等到我们拥有完整的时间……

　　荷姐的睡衣蛮孩子气的，上头印的是一个个鬼怪和妖精的图案。我向这些鬼怪和妖精祈求，一整个晚上，在床上，就这

1　Ahnenerbe，指祖先遗产基金会。

2　奥地利工程师汉斯·海尔维加（Hans Hörbiger）曾在一九一三年对宇宙的生成提出了"冰宇宙论"（Cosmi‑ice Theory）的怪论，认为宇宙是由冰块聚合而成，这个世界永远是光明与黑暗、火焰与冰块斗争的场所。在纳粹的政治需要下，此理论曾红极一时。

么气急败坏地请求……后来，等我较为冷静之后，我们总算可以好好讲上几段话。她泪眼蒙蒙地一直提到 *das Baby*，看来这个婴孩确实为我们带来不少灾难。此外，我还强烈感觉到，荷姐很不赞同我在这里的工作。她愤怒地低语，用了一些我不甚明白的字眼辱骂我。这种行为让她的脸蛋变得丑陋，即使是在昏暗的光线中。为什么我不回嘴呢？

隔天她就离开了，而接下来的那个晚上，我便又回到月台值勤。爱玩耍的丘比特。我仍不知道我妻子长的是什么模样，她从不直视我的眼睛……不，是我一直不敢直视她的眼睛。情况会改善的，她迟早还会再来这里。是不是有人告诉她我和那个光头妓女所做的事了呢？

月台上，刺眼的强光和滂沱的大雨里，嘈杂扩音系统发出的 links、rechts（左、右）粗厉叫声中，父亲、母亲、孩童、老人各自东西，飘散如风中落叶……此时我突然有个可耻的想法，让整个人为之震颤。因为一班班列车总是无止无尽又极其可憎，因为风吹来的感觉像是死亡的气息，因为生命是生命（而爱情是爱情），但没有人说它们是容易的。

我那时的想法是：有些人的运气总是特别好。

在战事顺利进行下，随着一九四四年的几场大捷，我们的工作量明显开始减轻，信心和福利也开始普遍增长。因此，营里的医生很诧异地发现他们居然有了时间和空闲，得以发展个人的兴趣。那些苏维埃已被赶回他们冰天雪地的洞穴，营里的医生或戴上单片眼镜拿出发了霉的教科书，或翻出双筒望远镜和猎人手杖，随各人嗜好进行不同的活动。冬天虽冷，但秋天已经来了——残茎遍立的田野，痴痴傻笑的维斯杜拉河。跳蚤大量出现了，过去我从未见过这么多的跳蚤。有些病人也恢复健康了，看起来像刚洗过罂粟子浴。早安呀，**挑粪大队**！在荷姐写来的那些令人费解的信件中，有一封她质疑起我们这里工作的**合法性**。好吧，那我就来检视一下……我猜，你也许会说我们营里是有一两个"灰色地带"。最容易引起争议的是第十一号营舍、黑墙以及政治单位的检查。其他会让人说三道四的事件自然也不会止息，例如有病人用电篱笆"自力救济"的事件，但我们都**不希望**这种事发生……众所皆知，我向来默默奉献，不像其他医生那样一连消失好几个星期；不过当夏天的气息笼罩在营里之后，我便不再需要**避暑胜地**了——我很喜欢阳光照在脸上的感觉，这才是千真万确的。"佩皮叔叔"的研究工作也有了全新的进展，他拥有崭新的实验室：大理石工作台、镍质水龙头，以及血淋淋的陶土水槽……"土"——**这是我送给荷姐的字眼**。你知道吗？她竟然没刮腿毛！这是千真万确的。关于腋窝的毛该不该刮，还可说有争议存在，但那两条腿……那还用说！腿毛当然是要刮的……在这个新实验室里，"佩皮叔叔"在敲敲打打之后，可以把一堆四不像的零散东西拼成一个人体。他的办公桌上有一个装满眼睛的盒子，你也可以经常看见他走出暗房，手中拎着一颗头颅，外面随随便便裹着一张旧报纸——从这张报上看来，现在我们对罗马已握有掌控力了。接下来的事你可想而知，那必定是……噢，该这么说吧，一个十五岁的波兰人从工作台上跳下来，揉揉眼睛，然后在一名面露善解人意笑容的卫兵陪伴下，缓缓走回劳动工作的队伍。我们一起测量双胞胎，"佩皮叔叔"和我，永远没完没了的测量、测量、不停测量。在右边的最后一个营舍里，就连那最瘦骨嶙峋的病人也挺起胸膛接受医学检验，而仅在十五分钟前，这个人还硬邦邦地躺在**吸气室**的地上。这简直是罪过——若**忽视**奥斯威辛如此努力做出的贡献，那简直就是罪过……在吉卜赛营区创立的那一天，我看见"佩皮叔叔"坐在他那辆白色奔驰汽车上，亲自从"中央医院"接出那些孩童。吉卜赛营区，满是桃红色彩，满是脏兮兮的小饰品。"佩皮叔叔！佩皮叔叔！"那些孩童大喊。那是什么时候的事了？我们是在什么时候处理吉卜赛营区的？是在捷克家庭营之前吗？应该是的。哎，那是好久以前的事了。荷姐又来了，但她的第二次造访并不能说完全成功，尽管我们比以前更亲密了些，也一起为那个婴孩流了许多眼泪。正如"佩皮叔叔"所谓的"实验"行动——**他**成功的几率几乎已达（这相当可信）百分之百的水平：一颗红肿骇人的眼球，只需一针就能恢复正常；难以胜数的子宫、睾丸，被天衣无缝地接回原来的地方；走出实验室的女人看起来年轻了二十岁。我们可以再造出另一个婴孩，荷姐和我。如果我先前或以后哭得够凶的话，她就会让我做，或答应一试。但是我已经无能了，甚至连妓女那里也不敢再去。我毫无力量，完完全全的无助。清新的气味，充斥在这里的甜美味道，还有那一脸茫然的犹太人——"佩皮叔叔"绝不允许留下任何缺陷。但你也知道，这里并不是一切都是甜美和愉快的，无论用任何手段或方法都不可能。**有些病人本身也是**

154

医生，他们没过多久便开始耍出种种老把戏，而我可是打击这种龌龊行为的专家。孩子很快就要来了，这是我时时刻刻挂心的事。"佩皮叔叔"是对的，我的确需要一个长假。但是，我这趟因为参加丧礼而展开的柏林之行，结果只是一次短暂的旅程；我只记得毛毛细雨中的街道、宛如老收音机真空管的商家灯火、湿透的教堂墓地、那位年轻牧师的皮肤和体重的问题，还有荷姐的父母，以及荷姐那张难看的脸。战争正在进行，我不停地对每一个人说，我们正置身于前线。我们在和谁作战？苯酚吗？当我从柏林归来，返回明亮宽广的营区时，等待我的只是一封电报。孩子只剩一口气，医生则都束手无策。棺木尺寸约为十五乘二十英寸。我正在打的是苯酚战争，而且吃力不讨好，没人会对我表达任何一丁点感恩之心。我似乎已经有呼吸困难的问题，也许是压力所造成的气喘，特别是在我喊叫的时候。我不得不叫喊。坑已经满出来了。在淋浴室，当那些卫兵触碰年轻女孩的身体时，我不断重复表达反对的态度，这些人则嬉皮笑脸装出拉小提琴的动作。他们认为，由于我现在既为人夫亦为人父，所以我已变得伪善到令人作呕。当然，我很渴望看到我的小伊娃，但以目前的情况来看，无论如何是不好明说的。我虽不再去妓院，不过现在我已经知道当初是为何而去的——为了感恩之心。那些从病人中选出的医生越来越难以控制，不知道为什么，他们只要一遇到与小孩有关的工作就变得极为热心——说到小孩，他们是多么令人憎恶和肆无忌惮啊，幸好他们不会在这里待太久。我并非"深陷"在追求感恩的心态里，但我也的确"陷"进去了。如果你真想**搞清楚**，我可以这么说：因为我喜欢人体以及所有活着的东西。我们打的并不只是一场苯酚战争，再也不是了，战线已经大幅扩张。这是一场对抗死亡的战争，而现在正分头以许多种形式进行。就像苯酚一样，我们还得抽取氢氰酸和氰化钠。时间越来越不够了，我们已经失去了两座淋浴室。大限之日已如此接近，而还有这么多的灵魂仍在等待，宛如在机场上空焦急盘旋等待降落的飞机。面对这种情况，怎叫人心不发痒难受呢？不过，也有几次例外应该被记录下来：有个老人曾抱住我的黑皮靴亲吻；还有个小女孩在"佩皮叔叔"面前紧紧粘住我不放。我是遇到过几次这样的行为，**却没有半次**可以明确归属于那种清醒又理智的感激。噢，我当然不是在抱怨。但如果有的话，我自然会好过一点。"佩皮叔叔"就曾经这么感谢过我，而现在他已消失几个月了，留下我一个人独自面对我的实验设备。我喜欢这个人。就像氢氰酸和氰化钠一样，我现在也开始抽取出苯、汽油、煤油和空气了。没错，空气！人类渴望生存，他们拼死拼活想要生存，而你只需要二十立方厘米的空气——二十立方厘米的虚无——就可以产生生死不同的差异。因此，即使没有人感谢我，我还是坚持拿着一只如长号大小的注射器，右脚牢牢地踩在病人的胸膛上，继续进行这一场对抗虚无和空气的战争。

6 零乘以零，还是零

如何，你理解我所说的一切吗？

答案是：你不能。你当然不能。

接续而来的是结束的时间点——奉献是有终止的，或至少有个限度。哎，老天有眼，我不是圣人，我的存在并非只为了他人而活。当我在不断付出之时，我确实有种感觉，认为已到了该为自己的利益打算的时刻了。

我努力配合集中营的一切，付出辛勤工作、付出脆弱的婚姻关系，同时还付出了感情。感情，这是最新出现在我生命之中的东西。因此，在离开奥斯威辛的那一刻，我感觉这简直是**痛苦别离**。我甚至还这么以为：我最后几天、特别是最后几小时在此地所承受的痛苦，永远也不会有复原的可能。没想到，离愁竟然一下就过去了，比任何热病发作的速度还快。当我还在前往柏林的旅程中，离愁便已被感情、被迅速增加的敏锐感知能力取代，只不过构成这些情绪的最主要元素仍是痛苦。或许，这就是属于年轻的痛苦。现在是一九四二年，现在的我是二十五岁……话说回来，这班开往柏林的列车快捷迅急，奥斯威辛集中营不只是铁路的一条旁支或岔线，它是我所见过的最大的车站，四通八达服务全欧洲的旅客。在我们最后发出的列车中有一班直达巴黎：特别班次七六七号，开往布尔歇-德朗西[1]。奥斯威辛是一个秘密。它占地一万四千英亩，却是完全看不见的。它矗立在那里，也可以说已不在那里。它是不可能发生的。所以，这样你如何有办法理解呢？

荷姐已完全变了个样。没错，无论从哪个角度说，我的妻子都或多或少变得叫我认不出了。她现在怀有身孕，大腹便便，明确无比；而她却对我极度溺爱纵容。我搞不懂自己到底做了什么，不知她对我的态度为何有如此十万八千里的转变。我们这个德国胎儿的尺寸惊人，看起来简直比母体本身还大得多，荷姐可以说已变成缠绕住胎儿这个大包裹的绳索。此时我们和她父母同住在柏林南边的郊区，房子虽小，却也五脏俱全。我们花了许多时间沉溺于思索孩子的名字，一开始钟意的是伊娃或迪耶特，但后来又倾向选择碧姬或爱德华。我们全都动了起来：荷姐积极地一一拆开孩子的衣服，我则每天花一两个小时到院子里，与丈人一起分解孩子的摇床和婴儿椅。我们的房间，或者说荷姐的闺房，现在的摆设装饰看起来倒像是为了她终将到来的孩童期而准备的了。壁纸上的仙女低头对着我们的温柔乡微笑——那是一张单人床，窄得有如火车的卧铺。床铺每天发散出的香味围裹住荷姐，染上她那惊人的乳房、她那卵圆形的肚腹。她怀里的婴孩总是卡在我们中间，比较方便的姿式是她弓身侧躺着，而我则采用从后面来的动作。令人苦恼的是，不管如何尝试，我还是处于阳痿的状况。的确，我是

---

1 布尔歇-德朗西（Bourget-Drancy）：第二次世界大战时期法国北部的中继集中营，素有"死亡接待室"之称。被关在此地的犹太人是由铁路运输系统运送到其他集中营，他们经常被塞在运牲的车厢里。

有点神经衰弱，也极有可能因为罪恶感作祟。当我们的身体交叠之时，我不免想到我在集中营为了获取感激而去和妓女做的事，尽管荷姐和她们不一样：她有头发，又密又长的头发。无论如何，荷姐终于忍不住去找医生谈了此事，而医生的答复是，这是男人在妇女怀孕时期普遍会发生的现象。没错，若不是因为这点，就会是因为我过去曾经做过的事。

还有，接下来继续要做的事。噢，你也知道这是怎么回事。你会说：够了吧，这些爱管闲事、自命清高的家伙！但我们仍然得再度出发，尽力付出我们所能做的一切。在两个星期的休假结束后，我又前往东边，加入一支从苏联撤退回来的党卫军部队，一连又服了五个月的勤务。尽管这里的工作和奥斯威辛比起来是如此的微不足道，是如此的粗糙鄙陋，就审美的观点来看更是不忍卒睹，但我还是愿意这么想——我们在此地也完成了极大的成就。现在我的思绪充满了感情。这世界继续合乎道理，但感情并不是如此有趣，并且还质疑事物给人的感觉……在这段期间，可以把我的脸想象成一门值得仔细研究的学问。例如，当我躺在黑暗中，塞在已变了个人似的荷姐与冰冷的墙壁之间，整个人沉浸在雄风尽失的挫败情绪中。然后那档事便开始了——或者说根本开始不了——接下来便打开灯光，悲伤地穿上衣物。那股悲伤是全然属于我自己的，和我完全匹配。而荷姐的眼神，还有她母亲的眼神，甚至包括她父亲的眼神，有时是如此坚定且充满鼓舞，是站在我这一边的（但我却不想要）。他们的眼神明白说着：我手中握有的是一种强大又不幸的力量。我是全能的，同时也是无能的。我既拥有力量，却又这么的软弱。

那是一个充满雷鸣、阳光和霓虹的夏天，也出现了许多令人心领神会的景致。我终于遇到了"炸弹婴孩"，过去梦境中那些颇具嘲讽性质的预言，如今终于应验。我还亲眼目睹了特雷布尔卡[1]那停住的时钟……

我这个新单位所做的事，我想，可以很自然地视为我在"拉格啤酒之乡"工作的延续。我们所处的位置是在行政组织和公共关系的交界点上，在这里，犹太人被分散开来，引导进入社会。因此我们的责任是提供协助，帮忙拆解和打掉犹太区——那里的灯光总是暗淡，那里的小孩看起来总是老成又充满智慧，那里的人们走起路来若不是太慢就是太过快速。虽然犹太区仅是个过渡方案，却不免让人感觉挫败，也不免让人兴起一种短暂但极不舒服的怀疑：这整个事业、整个梦想，未免也太过虚浮夸张：太多、太多了。人们是多么想把那些高墙给拆除啊！但毕竟这是我们的职责——让整个德国变得完整，治疗好她的创伤，让她无损无缺……利兹曼斯加特[2]的犹太区有一个"国王"：柴门·伦高斯基[3]。我曾亲眼在死气沉沉的街道上见过他，他坐在一辆马车里，身旁陪伴着弄臣，推车的白

---

1 特雷布尔卡（Treblinka），华沙附近的一个村庄，纳粹曾在此处设立集中营，屠杀了八十万名犹太人。
2 利兹曼斯加特（Litzmannstadt），波兰中部城市，原名罗兹（Lodz）。二战时期，纳粹为纪念在第一次世界大战中击败俄国的利兹曼将军（Litzmann），便将城名改为利兹曼斯加特。战后此城又恢复其原名。
3 柴门·伦高斯基（Chaim Rumkowski）：波兰犹太人，罗兹市当地的希伯来议会成员。当德军入侵波兰时，他并未逃走，决定留下与纳粹周旋。为保护其他犹太同胞，他与德军签定协议愿意合作，使罗兹市的犹太人成为德国在战时不可或缺的助力。

马瘦得有如一个填满水分和骨头的纸袋。伦高斯基是一位国王，然而，他是什么东西的国王呢？

无论如何，我们拼命干起事来，把这些人送回他们居住的村落之类的地方。虽说这是属于后勤范围的工作，但也颇具有创造性的格局。我们使用货车（上头标有红十字会的标帜），使用机枪，也使用炸药。此时的我多了一项专长，变成了神经精神病学的专家。那些来找我咨询、拿镇静剂药方给我的人，尽管一时会抱怨被梦魇折磨、焦虑和消化不良，但他们在任务结束之时便全都康复了。这些行动（有时我们会加以缩减）是粗野得令人苦恼的，尤其是那些必须使用炸药的案例，特别需要长时间艰苦的准备。

有天，在雨雪以斜角掠过、地面水坑被冻成冰的早上，我们载运了几个犹太家庭，送回布格河畔的一个小村落。这是司空见惯的例行事务：我们到森林里，从大坟场中把这批人挑出来装上货车，然后便站到路旁，等车厢里的一氧化碳开始发挥效力。我们所有人都装扮成医生的模样，身穿白色长袍，胸前挂着听诊器，无论谈话、笑声甚至包括抽雪茄的动作，全都是医生的样子。我们等待车厢内传来那熟悉的喊叫声和撞击声，而我也泰然自若玩弄着一支雪茄烟……

接下来，我们把他们载到镇上附近，那里已有专人替他们准备好成堆的衣服。他们下了车便排成纵队。队伍中有一个母亲和一个婴孩，当然，现在他们暂时是全身赤裸的。也许是因为耳痛的关系，婴孩在队伍里号啕大哭，以拉得极长的音韵，哭得既坚持又强而有力。婴孩的哭声早已惹恼了那位母亲，但与其说她脸上的表情是恼怒，还不如说是茫然——她的表情已完全停滞住了。这让我一时不免有点担心，怕一氧化碳的效力不够而没让她完全清醒。这是此刻的我最关心的事。

这群人约有三十来个，我们护送他们进入一间破烂的仓库，里面散布着旧缝纫机、纺锤和一捆捆的布料。通常，在这种时候，都得有人上前催促他们进入地窖或某个库房之类的地方，但这群犹太人可不同。在哭声不停的婴孩引领下，他们神情凝重地穿过一张张由天花板悬垂而下的布帘和挂毯，一个接一个，倒着走进墙上一个隔板已被拿下的门洞里。我亲自拿起这块隔板，将门洞掩住，并且用德语轻轻说了一声："日安。"不知为什么，我深受感动，或许是因为他们持续的沉默，或许是因为那婴孩已被蒙住的哭声。 *Raus！ Raus！* [1] 我对我手下那些人喊道。他们闹哄哄地已把这个地方逛了一遍，把一些不值钱的首饰、一些食物、一些面包和番茄放到了各个地方。这也是我们习惯的做法，准备了这些东西好让犹太人日后使用。**出来！出来！出来！** 我虽这么喊，却单独留在安静下来的仓库里，蹲在墙边，仔细聆听着。聆听什么？聆听那个婴儿的哭声，以及那可能是由整个行星所发出的、试图安抚婴孩的声音："嘘……嘘……"现在，完全安静下来了。我踮着脚尖离开，加入外头的大队人马。安静点……就让他们留在寂静无声中吧。嘘……这或许就是他们安抚小孩的方式。三十多人藏在黑暗的夹缝里，轻声说"嘘……"。所以说，那个婴

---

1 德语，意为"出来！出来！"

孩是备受宠爱的，但也很明显，他根本不具有任何力量。

最后，是特雷布尔卡。在我们取道波兰北部，展开返回德意志的旅程中，我们很有礼貌地在此做了一场短暂的停留。这个地方也一样，工作已经完成，相关设施已被拆解大半。就像奥斯威辛，这里也将不会留下任何具有纪念性质的东西。所幸我来得并不算晚，还赶得及目睹那座著名的"火车站"[1] ——那只是一个道具，只能从正面观看，如果你从侧边看去，便会发现它只是孤零零兀立在冬日天空下的一大块薄木板。这里的集中营已服务过华沙、拉多姆和比亚韦斯多克区的犹太人，而竖立假车站的目的，当然是为了让他们感到安心——各式各样的标志告示，指明了餐厅、售票亭和公共电话所在的地点，并明确告知旅客该到何处转换下一趟旅程的列车。此外，车站上还有一个时钟。这也是理所当然的，毕竟每座车站、每个旅程，都少不了时钟这种东西。然而，当我们在前往坟坑视察途中经过这个车站时，车站上时钟的大针指着十二，小针指着四。这个时间根本就不对！误差太大，简直错得离谱：正确的时间应该是十三点二十七分才对。稍后，当我们再次经过这里，那两根指针仍固定在那儿，没有往更早一点的时刻移动。它们怎么可能移动呢？它们根本是被画上去的，不可能往更早一点的时刻移动。在这个时钟底下还画着一个巨大的箭头，上头写着"东方列车换乘处"。但是，时间却没有箭头，在这里完全没有。

---

[1] 一九四二年的圣诞节，纳粹在特雷布尔卡搭建了一座假车站，目的是为了欺骗犹太人，让他们以为这里只是一个转运站，而不是将要灭绝他们的集中营。

事实上，在特雷布尔卡的这座火车站，四种次元在此呈现出有趣的配置。这是一个没有深度的地方，同时也是个没有时间的地方。

荷姐的态度仍非常和善，或者说，非常安静，对我的阳痿完全沉默不语。旅途归来后，我虽未奢望能立刻重振雄风，但说来荒谬，我所做的工作似乎已让我耗费太多精力，丝毫不剩，什么也不能留给荷姐了。有鉴于此，我认为，我所做的一切绝对是最纯粹的奉献。在我担任心理咨询顾问期间，一些东线的年轻战士最常提到的问题便是阳痿。我那时的做法非常简单，只告诉他们别担心，别把这种事放在心上。这当然是个笑话，因为我自己也担心得半死，忧心我那硕果仅存、尚未因阳痿而丧亡的一小部分自己。确实，那真的滑稽透了，我告诉他们要坚强，告诉他们要有男子气概，然而那时的我们面面相觑，像两个愚蠢的零蛋。一堆零蛋，或非零蛋的其他数字也一样，只要乘以零，你得到的还是零。尽管如此，我倒是在别的地方做过其他计算，使用的是二加二这种简单的加法，并且从中领悟必有某些事会在我调职之前发生——因为我计算的是婴儿的数量。我们的婴孩也是炸弹：一枚时间的炸弹。而如果我不这么做……荷姐的肚子已经变平了，我再也不必绵软无力地躺在她身后，接下来我得绵软无力地压在她身上了。幸好，因为我长期在外，返抵家门所受的待遇总是特别。感谢上帝，我们再也不谈论这件事了，但我认为这仍是持续受到注意的。

我们确实发生过"爱的行为"，但只一次，仅那么一次而已，就发生在我启程前往新任职地点——奥地利境内距离林茨市不远的哈特海姆堡[1]——报到的前夕。那真是一场石破天惊的别离：眼泪如暴雨狂落，全家人都在惊惧中听见我的哭声。我哭个没完，即使穿上靴子、拿起了行李袋也还在哭；在几个紧紧拥抱以后，我冲出家门奔进星光和雪地——飞雪如群星灿烂，星光如飞雪漫天。

哈特海姆堡离林茨市一个小时，坐落在通往埃弗丁的路上。这里有尊贵的外表、典雅的拱廊和美丽的庭园，看起来颇适合作为我疗养复原的理想地点。不久之前，这座文艺复兴式的城堡还曾是残障儿童之家。当你不由自主地颤抖着坐在结了霜的花园长椅上，看着眼前如白发般绵延的草坪，你感觉自己仿佛能听见孩子们鬼哭神号似的叫喊——因为这里必定是他们群集嬉玩的场所。在你身后，竖立着五排高大的窗户，而无论你何时向内瞥视，见到的总是一副淡然沉闷的色调。水桶，拖把，身穿白袍的医务兵，某个病人难以解读的目光。那种味道又出现了。那种甜甜的味道……我俯身向前，从地上捡起一只死鸟，鸟的双翅无力地张开，像一把扇子，又像处在伪装网之下的柏林街道。说到柏林，荷姐还在那儿等着我呢。

哈特海姆堡可以说是个过渡机构，是我在经历过集中营的一切之后，得以稍加喘息放松的处所。这里除了在规模上有颇

1　哈特海姆堡（Schloss Hartheim），纳粹第一次实验毒气与毒物的地方，拥有大型的实验室与集中营。

大程度的差异，其他部分倒还是蛮相近的。在此有同样的团队精神，有共济会式的沉默和直觉导向的自主，有同样的同志情谊和旺盛斗志，就连对酒精依赖的程度也完全相同。我的同僚包括两位领导军官和十四名医务员，恰好七男七女，但这里并不是疗养院，不曾有病患在此过夜。只有车窗染上色的大客车会开进这里，开进这里的庭院和童话般的城堡，进入哈特海姆堡既冰冷又疲惫的奇迹。

次序是这样的。首先，你看见一个普通的骨灰坛被送进来，这是由病人的家属直接交给我们的。他们同时也会告知柏林的吊唁信部门，于是我们这两个单位便分头开始同时工作。骨灰虽少，却都附有一份某个身份确切者的死亡证明书。但骨灰毕竟只是骨灰，看起来都是一个模样，而且接下来都是直接送进哈特海姆堡火葬场的炉子里。可是……有什么地方出错了吗？这到底是怎么回事？是炉子有问题？还是火葬场的设计不完美？我们制造出来的人，竟然不像以前那般优良。我们在奥斯威辛疯狂施行的魔法，如今全都失去了效果。没错，这里的情况正是如此：无论是病房、检验室或哈特海姆那宁静的庭园，全都笼罩着一股魔法失败的浓浓挫折感。一开始病人的情况其实没那么糟，他们只是有点小缺陷，例如畸形足或裂腭之类的毛病，但后来制造出来的人，问题可就大了。当我把他们从火葬场带出来时，我尽量避免近观这些病人；我只能一直在想象自己的内脏似被某种坚固的人造的东西卡着，比如说一根铅管，就这么沉甸甸地绁绊在那儿。这里，是犹疑踌躇的盲眼者；那里，是脸部永远歪向一边的耳聋者。那位白发女士看来好端端的，但其实每件事都出了差错。发了疯的男孩尖叫着追赶男护士，狂奔在潮湿的走廊上；发了疯的女孩蹲在墙角，撩起裙摆，而那不可原谅的物质则从她嘴里汩汩流出。这里的一切就是如此，我们可以这么说，生命在此仿佛全都失去了价值。我不明其故，只知道没有人喜欢这些人，就连我们自己也做不到。于是，在某天，他们同时离开到别的地方去了，把他们送走的仍是那辆车窗被染了色的大客车。

荷姐只要一有机会便来探访我，但次数并不频繁，毕竟现在仍处于战争时期。我们住过林茨市附近公路上的德来葛呢旅馆，在那儿我阳痿了；我们也曾在维也纳的葛雷琴旅馆共度浪漫周末，在那儿我也阳痿了。我们单位所在的村落有一间军官旅馆，那里亦是我阳痿的处所。随着时间过去，荷姐似乎越来越着急——因为我的阳痿。她说我变了，但我并不这么认为，毕竟我已经阳痿这么久了，久到连自己都忘记是从何时开始的。她还谴责我在哈特海姆堡所做的工作。有谣言在村子里流传，一些流言蜚语飘进她耳里。她全都误会了，我却没有纠正她或加以冷嘲热讽。在咖啡厅里，我们的双手在桌底下紧紧相握，接着便分手道别。稍后，我在迷惑中叼着雪茄，在暮色中走向哈特海姆堡所在的山头。在城堡的拱门和山形墙上，向晚的天空满是我们说不出口的错误，是如脑水肿般的云层，是西方那扭曲的品味，以及我们火焰的余烬。我看见一绺雪白的头发飘浮向上，加入空中那团自在游移的椭圆形浮云。今晚在城堡的地下室有一场庆祝会，纪念我们第五千名病人的到来（虽然我确信我们的病患绝对超过这个数字很多很多）。在手风琴伴奏下，这里会充满歌声、敬酒声以及粉红色的宴会帽。我们的巡回督导克里斯丁·沃斯[1]也将来此共襄盛举，带来他那大肚皮、他那色彩丰富的言语，还有那张生气勃勃的酒鬼脸。此外，同时会出现的还有那第五千名病人，他头戴纸帽、身穿纸衬衫，暂时停驻在这趟火焰和气体之旅的途中，等待即将到来的畸形、妄想幻觉或持续不休的发痒……就这样，奥狄罗·安沃多本继续走着，独自一人。

完全的孤独。

我没有名字，也没有形体——现在的我已从他体内溜出，散布在他上方，像一团飘散的浅灰色头发。我再也无法忍受被自己的魔法背叛和痛殴的破坏之神了，他把人类拆卸扯散，却又把他们拼合回来；他召唤力量，却不敢召唤那些未曾动用过的。就一时来说，这样做是成功的（你可说那是救赎）；而当成功发生之时，在当时的维斯托河畔，他和我可以说是一体的，也让"我们"彼此紧密结合。但话说回来，你根本不应该拿人类来做任何诸如此类的事……宴会结束了。他躺在阁楼如金字塔尖般的卧房里，躺在阴沟般的吊床中，双拳紧握着一个扭曲又潮湿的粉红色枕头。我是会一直待在这里的，然而，他仍是孤独一人。

---

1 克里斯丁·沃斯（Christian Wirth, 1885～1944），资深纳粹党卫军军官，为二战期间执行灭绝波兰占领区犹太人计划的高层人士，后来又担任特雷布尔卡集中营的领导。一九四四年被斯洛维尼亚游击队刺杀。

7 她爱我，她不爱我

　　这世界的运行又开始不讲道理了，奥狄罗也再度遗忘了一切（这样也好），战争现在已经结束（我很清楚，这场仗我们是打输了），而生活也已继续下去了好一会儿。奥狄罗变得相当纯真，他的梦境也跟着变得纯真，摆脱了恐惧和病态的胁迫。喔，当然，他还是会做噩梦，例如卡在一根通天高的滑溜爬竿上颤抖，或听见闹钟响起忘了穿衣服便赤身裸体跑出去……但这些梦并不会让醒来后的他不舒服。非但如此，相反的，他的梦境倒为他带来不少低级乐趣，不管是藏宝箱、魔力发辫还是睡美人都出现了。当然，也少不了厕所的马桶。主宰他梦境的守护灵，再也不是那个穿白外袍、黑皮靴的男人——现在这位守护灵已转变成女性，一位无论尺寸或形状都像西班牙战舰大帆的女性，她可以原谅包容他的一切。我有个预感，我敢说这个女人就是他的母亲。我想知道她何时才会出现，而且开始有些迫不及待了。奥狄罗是纯真的。现在的他已变为：纯真、善感、人缘一流，还有一点点愚蠢。

　　同时，他也恢复了性能力。很自然，他现在一点权力也没了，只能以最完美的服从态度在医护兵预备单位做自己份内的事，而他却是“能干”的。问问小荷姐吧，她肯定百分之百赞同此点……她差点就没办法走路了。国家社会主义的地位已变得不如应用生物学重要。奥狄罗是位医生，一名生物学战士，因此我们这两年的纵欲，部分原因必定和他个人的军旅经验有关。他积极行动，实弹真枪上场，为了小孩而采取强硬手段。是的，尽管伊娃令他们如此伤心失望，但他们还想再要一个。每当奥狄罗把荷姐弄上床，把她双腿大张、足踝扣在床头板两侧时，那副模样简直是想杀人，而不是去创造东西。不过，我们现在都知道，暴力在这个世界是有创造力的。之前我们从未像此时这样雄风大发，即使在纽约挑逗那些护士时也不曾如此，而从荷姐有时候的表情来看，她仿佛还宁可接受那段莫名其妙的阳痿时期。但那种情况已不再出现了。我纳闷，不知道是什么东西让我们产生了这样的差别？过去的事情仿佛永远离去了，从哈特海姆堡回来后，我们三个人搬出她父母的房子，来到慕尼黑，接触的是阿尔卑斯山的空气。我们远离了荷姐童年的房间，远离了墙上那群定睛看着她的天使。这里，在我们的公寓内，看着我们的是一副用白木制成的人体骨架，以及满是褐色肉块的解剖学挂图。

荷姐是个很纯朴自然的德国女孩，她总保有本来的样子，身上没有胭脂，一双腿也毛茸茸的。对此，奥狄罗非但一点也不介意，甚至还不准她使用化妆品，连肥皂都不行。至于她的粗发和绒毛、她那黑黝黝的胳肢窝，她全身上上下下鬈曲的体毛……我敢说，荷姐身上的毛发量可能比一头牦牛还多，但她还是能让奥狄罗开心。他用 *Schimpanse* 这个字呼唤她，意思是：他的猩猩。我得坦承，其实我也一样为她疯狂。荷姐的身体发出青春的低语，她的耳朵像饼干，牙齿像糖果，紧绷的肌肤有如橄榄的果肉。刚开始，她并不是如此热衷，老是抱怨疲劳、酸痛或感觉很不舒服之类的；但到了最近，随着奥狄罗一而再、再而三地对他所有朋友吹嘘（我认为他给她的评价赞语是相当高的），她开始疯狂投入，激烈地像一扇在强风中被刮得开合不停的厕所厢门。荷姐是如此幼小，对她而言，这样自然太过严格了些。现在的她才十八岁而已，而且年龄还在一天天变小。虽说一个人最好不要太悲观，不要白费气力让目光落到太远的前方，但无可避免，再过几年她连做这档事都会不合法了。

无论如何，现在的情况是甜美的。婚期将近，奥狄罗整个人变得温和起来了，他不再发脾气，不再强迫他的"猩猩"赤身裸体做家事，或是在地上爬行。为此荷姐则报之以感激，展露出一种无边无际的温柔，这可是前所未见的……性爱的愉悦，可以说是在一种属于爬虫类的状态下散发出来的，无论是高层的心志、灵魂以及一切官能的主宰，在这种时刻全都放逐了自我。于是，很明显的，接手掌控的是爬虫类的头脑。我们应该好好来思考一下这件事。当人类的身体和爬虫类的脑子结合在一起时，他们会盘踞在一个安全的位置，做出危害他人的事。但如果结合的只是身体，他们似乎就会想做好事，甚至可以说，他们会冒着伤害自己的最大危险去这么做。我说不清这些事。我仍在那里，在他们的床上，我虽然很喜欢这样，但那种津润湿黏的狂喜是属于奥狄罗的。若说他是一只闪闪发光的公蜥蜴，那么荷姐就是只闪闪发光的母蜥蜴了。在他们黏腻腻的世界里根本不需要语言，你只需要发出咿呀叫声和嗯哼声就行了……他们的爱情生活正在稳定地排除所有不正当的行为，譬如说，他们曾玩过一种游戏（大概一星期两次，但倘若奥狄罗坚持，次数会更频繁），在整个过程中，她必须动也不动像个死人似的躺在那里。同样的，像为了对应此点，他曾对妻子蹲厕所的情况产生极大的兴趣。但这些事全都已经过去了。当她愠怒哭泣时，他会用亲吻来擦干她的眼泪，而不是用拳头捶向她的乳房。尽管如此，她现在却难得哭泣了：距离婚礼只剩下几星期而已。虽然他们的次数仍相当规律（比方说，几乎每个晚上），但奥狄罗已渐渐能摆脱他与爬虫类所订的契约，开始把热情移向他那群朋友身上，寻求众人群集起来的力量，那种臭味相投的感觉。我们鬼吼鬼叫，胡说八道，狰狞着一张张稚气未脱的脸；分散开来，我们谁也没有力量和勇气，可是只要集合起来，我们就形成了一个强大的团体。我们在夜晚的嬉闹活动，通常是从到外面去帮助犹太人开始的。表面上，奥狄罗、荷妲和我现在仍处于蜜月期，但事实上我们哪儿也没去。唯一离开这里的一次就是回柏林，而那是为了举行婚礼。

我对犹太人的态度始终是没有改变过的。我喜欢他们，而且我敢说，这种对犹太人的爱是完全出于自然。我特别欣赏他们的眼睛，他们容光焕发的面貌，以及那暗示出卓越超群的异国情调……话说回来，我们何必讨论他们的**质量**呢？我虽然没有小孩，但犹太人就是我自己的孩子，我爱他们就像所有父母该做的那样。也就是说，我并不是因为他们的质量才爱他们（在我看来，他们的优秀是很自然的），我只希望他们能活得好好的，繁衍茂盛，并且拥有享受生活与爱情的权利。

我仍记得那些名字和那些脸孔。我听见那些名字，在清晨城镇的广场上、在废油料坑和反坦克壕沟边、在警察营火的照耀下、在等待区、铁路车站和夜间的田野中。我看见这些名字，在清单、配额表和乘客名单上。隆卡、曼尼亚、容卡、聂特卡、莱比锡、费格雷尔、艾伊克、雅各布夫、摩多、玛大拉、西波拉和马嘉利特[1]。他们来自奥斯威辛—比克瑙—莫诺维辛，来自拉文斯布吕克，来自毛特豪森、纳茨维勒和特莱西恩施塔特，来自布痕瓦尔德、贝尔森和马伊达内克，来自贝尔赛克，来自切姆诺，来自特雷布尔卡，来自索比堡[2]。

回想起来，奥狄罗在婚礼当天整个过程中所露出的苦笑，实在是太恰当了。我一直看见他斜眼张望。那种谨慎拘束、很乡巴佬的斜视，就倒映在荷姐新娘花冠上的无数面小镜子上（民俗习惯，为了避邪之用）。没错，他的苦笑是对这个场合的最佳评注，正如他那些新认识的男性朋友猛然朝他背部的重重一拍。在这个独特典礼的过程中，他向一切事物告别——在漫天狂洒的五彩色纸和米粒下，便将一切抛诸脑后。在这种情况中，除了苦笑，一个人还能有别的表情吗？她交给我香桃木花环、番红花、肉桂、面包和奶油等物品，而我则把我所有的权力交给她。我们交换戒指，摘掉左手无名指上的戒指，换到右手的无名指上。他们说月亮正在升起，这是婚姻的好彩头——我却看见高悬头上的月亮其实正渐渐衰弱而失去光彩。

---

1 以上为常见的犹太名字。
2 以上为集中营名称，分别分布在德国、波兰、奥地利、捷克等国境内。

因此，我们的肩背才会出现那难以承受的重击，我们的脸上才会有那吃屎的笑容，荷姐也因此才会发出那胜利者式的笑声。

她开心地搬回父母亲的房子，住在那里，睡在金色翅膀天使的簇拥中。至于奥狄罗呢？**我们的**父母到底在什么地方？很快的，我来到一个五层楼的宿舍，在这个弥漫脏衣和臭运动鞋气味的阁楼房间里，与罗夫、雷恩哈德、鲁迪格和鲁道夫[1]共住，从此活在毛巾大战、教科书和冷笑话的**梦魇**里。是的，我现在生活在医学院，也同时生活在新德国，而且和所有人一样，感觉既神经质又紧张兮兮。在这些日子，就连外头的街道也像一个大宿舍，具有沉重的群体压力和出人意料的严密监视。它像青少年般不稳定，也不怎么愉快，虽已有性征却不怎么明显或只是半成形，就这样组成一种可笑的姿态，但没有人可以嘲笑它。你若胆敢嘲笑这种可笑的姿态，所有人都会想把你杀死。多么幸运啊，我是无法杀死的。但杀不死，并不表示永恒不朽。我们的成年人究竟是怎么回事了？

不幸中之大幸是，我们仍然每天都会看到荷姐——她是学校管理处的一位秘书。我经常在走廊上和她相会，或安安静静地坐在自助餐厅离她不远的座位；我们还常溜去楼梯间，在那里亲吻拥抱。此外，公园的长椅和阴暗的拱门下也是我们水乳交融之地。我们还在电影院的短毛座椅上纠缠扭动，屏幕上的米老鼠报以窃笑，葛丽泰·嘉宝则悲伤地把目光移开。在街灯光影下，我们紧紧依偎，安心地置身于人群之中。在她父母家

1　这四个名字为常见的德国人名。

的客厅里，趁着她双亲准备晚餐摆放脏盘子的十分钟空当，我们偷偷摸摸……同样的情况也发生在我们春夏两季的郊外踏青。在飞燕草、龙口花、蜀葵和香豌豆的围绕下，在铺开的毯子上，在食物篮边，这时的她似乎是为了怀旧，才会答应让我爱抚一下——而且往往得经过奥狄罗长时间哭哭啼啼哀求才会发生。过去我们是主宰者，现在反过来成为奴仆了。他最常用的借口是挫折感有碍健康，此外，说一些花朵的名字也颇有效果，不过得用英文来念，不管何种花草树木都会使她变得大胆。荷姐是一个很纯朴自然的德国女孩，而奥狄罗则是如此歇斯底里，随便遇到几株树木都能让他满怀感激。我和他不同。他遗忘了，我却还记得这折磨人的摸索探寻，我仍受到情欲那复仇主义式的谴责。我知道有些事情他似乎无法面对：过去的事不会重来，而未来的事情总会成真。我们悲伤地收集勿忘草。她爱我……但事实上，现在我们已经不太敢正眼看她了，没想到她这位小小的打字员，竟然具有如此强大的力量。她爱我吗？**是**是指刻在街边树干上的字母残迹，**否**是指荷姐发一顿脾气，然后抓住我的手移向她两腿中间。随后，在傍晚时分我们回到学校，从他口中诵念而出的是"颧骨"、"黄斑瘤"、"肠扭结"之类的狗屁字眼。出乎我意料的是，他修习的大部分课程倒不是关于如何把人体看待成一部机器，而是属于医疗行政管理的领域。有时候，在很深的夜里，当德国所有人都沉坠入梦境之时，奥狄罗和我会独自溜到宿舍的屋顶。我们很早熟的（并有点偏执的）在此享用一根雪茄烟，同时观看夜空，让群星缓和我们的心情。

对我来说，倒有另一种方法可让我感到愉悦和安慰，那便是观看犹太人。这些人曾在我的协助下从天上下来降世为人，他们注定昌盛繁衍，同时也突显了我的贡献，让我的心情获得极大的鼓舞。成果越来越佳。刚开始，可能由于人数的关系（他们正从加拿大、从巴勒斯坦、从世界各地陆续搬来这里），他们很聪明且活得小心谨慎，甚至可以说带有一点畏怯。不过德国社会很适时地敞开胸怀，欢迎这群新来者加入。或许是受到一些刺耳字眼的影响，他们开始活跃地进行同化，也很稳定地一步步获得成功。犹太人正逐渐占据各个肥缺要职，特别是在医疗这门行业，这点让奥狄罗和其友人们心生憎怨。坦白说，甚至连我都不免有些担心了。我还没做好心理准备，压根没料到我这些孩子们会一个个变成我最痛恨的医生。随他去吧，无论如何，总得有人做这种工作。我的忧愁和惆怅正逐渐加剧，但幸运的是，一些与种族相关法律的废除总是能让我振奋起来。说来讽刺，我在工作上的种种进展，总是伴随着荷妲对我的一些新禁令而来。是的，毫无疑问，这实在再滑稽不过了。随着犹太人一步步闪耀地走入阳光下，我却逐渐失意落魄，受尽爱情的嘲弄与唾弃。例如：

当眼盲的和耳聋的犹太人现在可以戴上臂章，在街上车水马龙中表明他们的身体状况时，我却在荷妲刻意的计划下，不再拥有下半部的身体，而失去了外部的那颗心，等于是被人从腰部一刀给斩断了。

犹太人获得豢养宠物的许可，警察局开始发放诸如鹦鹉和小狗之类的宠物给他们。当犹太人泪流满面，以感恩之心把他们的新玩伴带回家时，荷姐却开始改变我们亲吻的模式；她总是保持沉着冷静，让我的每一个动作都受到严密的监控。

当犹太人获准购买肉类、奶酪和鸡蛋等商品的时候，我们踏青野餐的权利却被废止了。即使我以健康为借口，又用英文念尽了花朵的名字，哀求得都直到脸上变了色，都一样无法达到目的。

当犹太人拥有朋友关系的权利，可以和雅利安人结交时，荷姐却不再对我说"我爱你"了。我虽然还勉强可以说这句话，勉强可以继续亲吻她，但舌吻的部分现在已经完全被禁止了。

犹太人的宵禁解除了，不必再服膺夏天九点、冬天八点的宵禁规定；荷姐却开始必须在八点三十分前回家了，而且不管是哪个季节。

当"无信仰者"的称号已不再强加于犹太人头上时，我却得说，我再也不相信什么了。

也许她爱我，也许她不爱我。但我还是同样花两个小时搭巴士和电车，目的同样只是为了脸上的那轻轻一啄。很快她就要过十六岁生日了。接下来呢？我们还会手牵手吗？有时，我不免心生粗鲁的念头，想催促奥狄罗使用暴力（要快啊，趁她还没十五岁以前）：唯有暴力，才是弥补和治疗的妙方。然而，老实说，我恐怕是有点热心过了头。你想，他有可能这样做吗？他心里有这种东西？对于奥狄罗·安沃多本这个人，我得出这样的结论：就道德方面的表现来说，他绝对是平平凡凡毫不出奇的。他会去做所有人会做的事，只要得到人数的掩护，便不分善恶，也没有限制。他绝不可能成为例外。他是如

177

此依赖他所处的社会给他的养分，是如此需要罗夫、雷恩哈德、鲁迪格和鲁道夫开朗的笑容。在"水晶之夜"[1]，我们狂欢嬉闹，一起出去协助那些犹太人。那夜闪亮的碎玻璃如星尘或灵魂般旋舞，那夜荷姐弯腰用一条粉红色手帕擦拭她的嘴唇——在把我的舌头从她嘴里吐出来以前。这能说是犹太人的错吗？为什么他要把那绺一直珍藏在药盒里的秀发还给她？现在，我可以看见那逐渐接近的寂寞了，我能清楚看见它的形状和大小，看见它那完美的身形。荷姐虽送我鲜花，却不再爱我。她再也不爱我了。

Still，sprich durch die Blume[2]。小声点，透过花朵说话。我知道你不应该抱怨，因为那是违反法律的……她不再跟我说话了，这完全是时间的问题。小声点。有天在公车站，她从车上下来，只轻轻挥了个手向我道别。之后一连好几个晚上，我仍在那个地方等她，一路跟踪她走去学校，只觉得耳朵嗡嗡作响。接下来，当她从我面前走过时，那种能让她缓慢或停下的力量已不再出现。随后，她就不见了。她那小小的身形永远消失了，腾出来的空间，被同样容积的虚无给取代。我四处寻找她，可是奥狄罗却没这么做，他复原的速度简直像白痴一样快速。事实上，他的爱慕之情似乎已改了个方向，虽说是柏拉图式的，但或多或少已投射到了拥有金色眉毛的鲁道夫身

---

1 水晶之夜，德语为 Krystallnacht，亦可译为"碎玻璃之夜"，指一九三八年十一月九日至十日凌晨，纳粹党员与党卫队袭击德国境内犹太人的事件。此事件被认为是纳粹有组织屠杀犹太人的开始。
2 德语：透过花朵说话。这句话是纳粹恐怖统治时期流行在德国的谚语，意思是"说话不能太直截了当"。

上。隔天，他挨了教授一顿痛骂，旋即便在人体解剖的课堂上出声大笑，而罗夫和雷恩哈德则拿这具新来的女性尸体开玩笑。受苦的人只有我。 *Arzt für Seelisches Leiden* [1]，这是贴在一楼窗户上的标语。为心灵受苦者而医，看来，这正是我此刻所需要的那种医生。现今我们虽花了许多时间待在医学院里，但毕竟是个过客——因为我们的母亲最后总是会出现的。顺道一提，她的名字叫玛格丽特。奥狄罗和我曾敞开新家的窗户，直到那里浓浓地充满她的气味。我猜未来我们很可能会一起布置这间房子，至少，她会成为一个可以和我说话的人，而且用的是英语。她让我想起了艾琳。她一直不停地说：我在什么地方？我在什么地方？"在医院。"奥狄罗很凝重地不断重复。"在医院，医院的病房； *Das Krankenhaus, Mutti. Im Krankenhaus*。 [2]"

在**什么地方**？我想握住她的手说：妈妈，你所在的这个星球，看起来很像是被薄薄一层棉花裹住的大理石或水晶球。这里有鸟儿围绕飞翔。妈妈，你是在地球这个行星上。

---

1 德语，意为"为心灵受苦者而医"。
2 德语，意为"医院，妈咪，在医院里"。

第三部

8　因为鸭子肥了

自从我到哈特海姆堡之后，便很想回奥斯威辛做一趟感性之旅。我想再回到那位于河流交汇之地的权力中心，回到那有无数犹太人和其他人种从天上降生的处所，回到那个曾有一段时间是"没有为什么"的地方。结果，在一九二九年，我的心愿真的实现了。在此之前，无论是服役期间、劳动服务时期[1]、"欢乐力量假日"[2] 或其他林林总总的机缘，我已游历过许多地方，而且总觉得再也没有机会去奥斯威辛了。没想到，我的心愿竟然得以实现。那年，我十三岁。

那是一次露营活动，主办单位是**钢盔团**[3]底下的一个青年组织。我们在索拉河左岸扎营，那天早上弥漫着一片没有色彩的浓雾。尽管我已注意到那丛箭草，已看见这种生有放射状花冠、让人感觉再熟悉也不过的三叉形沼泽植物，但那时我却未多想，只顾着摊开自己的睡袋。那天晚上，在奥狄罗熟睡之时，箭草让我心中充满思绪，闹得我完全无法安宁。等我醒来时，阵阵微风和煦，夜空一片清明，天上全是如密码般深

---

1 指一九三五年五月以后，纳粹政府规定所有青年必须参加"劳动服务"，以作为服兵役前的准备训练。
2 指纳粹统治时期的劳工假日。
3 指一九一八年成立的德国右翼准军事限伍军人组织，其领导人佛兰兹·塞尔特（Franz Seldte）曾担任希特勒治下的部长。

奥又难以破解的繁星。我们和所有人一样，围坐在火堆前，高声歌颂、咏唱，哼着约德尔调；接下来我提起水桶，与奥狄罗的好友迪特尔结伴，一起把水抬去倒在浅滩。在那儿，在河流的交汇点之上，是一轮猎人之月[1]以及通往逮捕之旅的铁路轨道。

后来，我们列队走过那个地点。那里约有二十座砖房，显然是因为某种肮脏念头而聚在一起的（这是奥地利人为战争而设立的炮兵营地）。再过去一些，交杂错落着几栋可笑的房舍，他们说那是属于波兰烟草专卖公司。此处便是奥斯威辛。在这些房子后面，穿过那片桦树林，便是比克瑙的所在地；或者说，在后面，穿过那片桦树林，便是那长满桦树的比克瑙。在那儿，我曾与自然界的能量达到和谐一致的境地。一切都是悲惨和无辜的。在时间、气候的作用之下，所有实质、力量和奇迹，都终将会被冲刷殆尽。

我现在三岁，生活的环境已相当受限，只能拘束在一个名叫索林根的城市的南方边缘。

索林根向来以刀具著名，剪刀和手术用刀械也享有盛名。它向外辐射的范围极广，几乎整个中欧都把厨刀、剪刀和手术刀收集起来，运到索林根，在此转炼熔成钢铁。除了工业，我们这附近也有高尔夫、骑马、网球和射箭等休闲设施，但更重要的是，纯朴的索林根还拥有一个傲人的秘密，而我恰好是唯

---

1 根据西方民间传说，十月的满月被称为"猎人之月"或"血腥之月"。

一知道这个秘密的人。这秘密就是：索林根是阿道夫·艾克曼[1]的出生地。嘘……小声点，这个秘密我绝不会说的。而就算我说了，又有谁会相信我呢？

很快，就该轮到我回娘胎了，这栋小公寓即将成为我的出世之地。我猜，到时候的情况一定非常紧张，不过我并未因此而沮丧，因为我思绪清晰的时间正逐渐缩短，也越来越罕见。我的父亲是个面黄肌瘦、只有半条右腿的残废，而我的母亲倒像是一团裹在冰冷睡衣中的温暖面团。她的职业是护士，在索林根的疗养院替老人服务。奥狄罗的一生可以说是与大量的药物为伍，但我们有时仍需要哭泣，直到父亲过来，把手很有韵律地向上一挥，我们的疼痛才立刻被带走，我们才就此又开心了起来（然后准备开始作怪）。代为祷告求情是母亲的信仰，但权力则掌握在父亲身上。早晨以一种只有我们能听见的语言对奥狄罗和我低语，而我们则对母亲这么说：

"妈咪？小鸡是活的。我们抓它们烧它们——然后它们就死了！但你不能吃小鸡。不吃好小鸡。因为小鸡是好东西。你可以摸它们或做任何事。不过你可以吃鸭。因为鸭子肥了。"

等等，好像不太对。这样的分类出了错误……我们带来，我们放入；我们带来，我们放入，全都不由他们自己做主。为什么有这么多小孩和婴儿？我们到底是怎么了？为什么让他们的数量如此之多？我们实在太残酷了，因为那些孩子在这个世界上根本待不了多久。但这不都是我的选择吗？我为何如此？

1　阿道夫·艾克曼（Adolf Eichmann），纳粹政府高层，为执行屠杀犹太人的"最终方案"的主要负责人。二战期间共有五百多万犹太人死在他的手下。

是因为婴儿肥了吗？……无论如何，我们即将要离开了，我们正穿越一块万物皆自由生长的兴旺的领域，心情每一秒都在欢愉与恐惧之间摆荡。我们的心中对无意义的前提充满了无意义的反对，但也渐渐变得无知、变得纯真……我们再也认不得任何人了，包括艾琳，包括罗莎，包括荷姐，甚至包括那些犹太人和所有曾被我制造出来的人。

唯一认得的只剩下母亲。我们和她的关系已经非常亲密了，但如果一切进行顺利的话，我们的关系还会更加亲密。譬如说，在未来的许许多多小时，不分白天或晚上，我将会安栖在她臂弯中，含着她的乳房（这完全是正当的，他没办法抗拒）。接下来，我们的肉体最后将被联系起来，用的是一把索林根的剪刀。当我进入她的身体时，她会厉声尖叫和哭泣，然后我就永远离开了。对奥狄罗而言，他并不知道我们会对她造成多大的影响，也不知道她有多么爱我们：即使在我们生病的夜晚，当她过来松开我们身上的毯子，边抚摸我们的额头边因忧心而哭泣时，他也毫无知觉……很快的，父亲就完完全全独自占有她了。我觉得他是饥渴的，他瘦得简直像个**穆斯林**。当他用餐时，出来的东西永远不够。不够……不足以让身体和灵魂结合。于是我在心中窃笑，暗暗称呼他为"**废蹄**"。他的眼睛浑沌不清，脸上满是挫败和无法愈合的伤痕，面容永远是愤怒、无情和沮丧的。也许，等到大战之后，他会有所改善的，到时他那残废的右脚将会得到治愈。但是，我却无法原谅我父亲，无法原谅他即将对我做的事。他会闯进来，用他的身体杀死我。这点奥狄罗也知道，他也和我一样能感觉到。

我必须尽我最后的努力保持清醒，保住意识。最后让我挂心的，仍是与时间有关的问题——过去的某段时间。即使以目前的情况来看，犹太人当时在城市的广场的确等待了太久，因为他们的孩子正面临着困难处境；现在我可以体会他们面对的是什么样的困难了，那是在他们一被创造出来就无法逃避的：他们的世界是多么快就要消失啊。在夏日的草地上，在浮云飞掠的天空下，犹太人确实等待了太久，他们的家庭总得经过一段拖拖拉拉的程序才得以团聚；那些孩子们一会儿跑到这儿，一会儿跑到那儿，或停住不动把双手像爪子一样高高举起胡乱挥舞；地上每隔几米就有一个裹在褓褓里的婴孩，全在大声哭泣——因为他们无法立刻找到父母，因为我们花了太久的时间……现在，奥狄罗的梦境全是彩色和声音了，虽仍有喜悦或恐惧，却已没有了内容，再也没有了。

他仍停留在此，但只是一会儿而已，他的时间已所剩无几了。他必须拼命动作，趁他的孩童期尚未结束，趁一切都还是他的玩伴——包括他自己的粪便。他必须拼命动作，趁孩童期仍在，趁某人尚未过来把这个时期带走。但他们终究会来的。我只希望到时过来的医生能把自己打扮得更好看一点，穿得更体面一点，千万不要是白外袍和黑皮靴，那肯定会……错误，我本身就是一个错误。我们带来，我们放入。看呀！在远方，在那片松木山坡之前，那些女弓手正在收集她们的标靶和弓。上头，是一片微弱黯淡的天光，天空正在压抑它的厌恶，压抑它那许许多多细微的憎恶。当奥狄罗闭上眼睛之时，我看见一支羽箭飞过，但是不太对劲……它的箭头是朝前的！噢，不要！但这时……我们再度离开，越过了那个区域，奥狄罗·安沃多本和他那急切的心。而我仍在里面，在错误的时间闯入——要么太早，要么就是一切都已经太迟了。

后　记

　　谨以此书献给我的妹妹萨莉，她在年纪还非常小的时候，就给了我两个意义深远的"协助"。她唤醒我的保护本能；也让我留下一个童年记忆。如果不是最初期的，也必定是最鲜明和欢快的。那时她大概才刚出生半个小时，而那年，我已经四岁了。

　　我还欠我朋友罗伯特·杰伊·利夫顿一个大恩情。两年前的夏天，那时我正在构思用时间倒退的方式来说一个人的故事。然后，有天下午，在一次例行的网球场聚会后，利夫顿送给我一本他的著作《纳粹医生》。如果没有这本书，我的小说就不能也没办法进行书写。同样的理由，也可适用于普里莫·莱维的作品，尤其是《如果这是一个人》《休战》《被淹没和被拯救的》以及《缓刑时刻》。此外还有我基于各种不同理由，而从他们的作品中获得协助的作家，包括马丁·吉尔伯特、吉塔·塞雷尼、约阿希母·费斯特、阿尔诺·马耶尔、埃里希·弗洛姆、西蒙·维森塔尔、亨利·奥伦斯坦和诺拉·沃恩等人。我脑海深处还时时萦绕着一篇艾萨克·巴什维斯·辛格的短篇小说，以及库尔特·冯内古特写下的那段非常著名的情节。（至于那些我硬啃过的医学书籍作者，就不一一列举了；不过我得特别感谢写《脑科医生》的劳伦斯·西恩博格，这本

189

书真是娱乐与恐怖效果兼具。）接下来，我也得感谢这些年来，在话语言谈中对这个主题（我指的是"大屠杀"）有所感触的人。我还要感谢我所有的谈话对象，包括我的妻子安东尼娅·菲利普斯、我的父亲金斯利·艾米斯、我妻子的继父山·菲尔丁、我的妹夫基亚姆·坦南鲍姆和小姨子苏珊娜·坦南鲍姆、我另外一位妹夫马修·斯彭德；还有汤姆·马希勒、彼得·弗格斯、皮尔斯·瑞德夫妇、约翰·格罗斯、克里斯多弗·希钦斯、詹姆士·福克斯、扎卡里·利德、克莱夫·詹姆士、约瑟夫·布思比、肖洛姆·格洛帕曼、伊恩·麦克尤恩、索尔·贝娄夫妇、埃德蒙·福赛特夫妇、乔纳森·威尔逊、迈克尔·皮奇以及戴维·帕皮诺。

　　本书又名《罪行的本质》，这是普里莫·莱维的用语。这个罪行曾如此理所当然，因此我们或许可以把莱维的自杀，视为一种具有警世意味的英雄式行动，他透过此行为主张的是："我自己的生命，只有我自己可以把它夺走"。这个罪行之所以独特，不在于它的残忍，也不在于它的懦弱，而是在于它的形式——它既复古又摩登，同时包含了原始的卑劣性与现代的"逻辑"。虽然这罪行并非德国人所独创，但它的形式却是。纳粹党人在脑袋中发现了野蛮和原始的核心，便建造了一条高速公路往那里直奔。他们把这条路造得又快又安全，造得坚固无比堪用千年，除此之外，如果你还记得的话，德国的**国家高速公路**还会特别配合地景设计，力求和谐，就像花园中的一条小径似的。

Martin Amis
TIME'S ARROW, OR THE NATURE OF THE OFFENCE
Copyright © 1991 by Martin Amis
Simplified Chinese edition copyright：
2023 SHANGHAI TRANSLATION PUBLISHING HOUSE（STPH）
All rights reserved.

图字：09‑2013‑385 号

图书在版编目（CIP）数据

时间箭：罪行的本质／（英）马丁·艾米斯
（Martin Amis）著；何致和译. — 上海：上海译文出
版社，2023.11
（马丁·艾米斯作品）
书名原文：Time's Arrow，or the Nature of the
Offence
ISBN 978‑7‑5327‑9450‑8

Ⅰ.①时… Ⅱ.①马… ②何… Ⅲ.①长篇小说‑英
国‑现代 Ⅳ.①I561.45

中国国家版本馆 CIP 数据核字（2023）第 200332 号

时间箭——罪行的本质

［英］马丁·艾米斯 著 何致和 译
责任编辑／徐 珏 装帧设计／董茹嘉

上海译文出版社有限公司出版、发行
网址：www. yiwen. com. cn
201101 上海市闵行区景路 159 弄 B 座
苏州市越洋印刷有限公司印刷

开本 850×1168 1/32 印张 6.5 插页 6 字数 111,000
2023 年 11 月第 1 版 2023 年 11 月第 1 次印刷
印数：0,001—4,000 册

ISBN 978‑7‑5327‑9450‑8/I·5910
定价：79.00 元

本书中文简体字专有出版权归本社独家所有，非经本社同意不得转载、摘编或复制
如有质量问题，请与承印厂质量科联系调换。T：0512‑68180628